개미의 하관下棺

　저리도 복잡한 땅 구멍 속에서 활활 타오르는 기개를 보았는
가, 지하의 세계에서 뿜어져 나오는 열기에도 한겨울과 여름에
도 세우고 무너뜨리고 아버지도 할아버지도 어머니도 강아지도
산산이 부서져 데리고 들어간 저 어둡고 컴컴한 곳에서, 흙 속
에 가지를 치며 넉넉히 자라가는 무서운 모습에 내 누울 관도
내어주고, 몸뚱이마저도 내어줄 것이니, 버리고 떠나지 못하는
지상의 모든 생물들에게 하관下棺을 위한 당신들의 지칠 줄 모르
는 용기를 가르쳐주시지 않겠습니까

　검은 미물들이여

세월호, 아직 끝나지 않는 기도

세월호, 아직 끝나지 않는 기도

ⓒ한용재, 2024

1판 1쇄 인쇄__2024년 07월 01일
1판 1쇄 발행__2024년 07월 10일

지은이__한용재
펴낸이__양정섭

펴낸곳__예서
　　　　등록__제2019-000020호

제작·공급__경진출판
　　　　사업장주소__서울특별시 금천구 시흥대로 57길 17(시흥동), 영광빌딩 203호
　　　　전화__070-7550-7776　팩스__02-806-7282
　　　　네이버 스마트스토어__https://smartstore.naver.com/kyungjinpub/
　　　　이메일__mykyungjin@daum.net

값　12,000원
ISBN　979-11-91938-76-0　03810

※본사와 저자의 허락 없이는 이 책의 일부 또는 전체의 무단 전재 및 복제, 인터넷 매체 유포를 금합니다.
※잘못된 책은 구입처에서 바꾸어 드립니다.

예서의시 033

세월호, 아직 끝나지 않는 기도

한용재 시집

 예서

차례

개미의 하관 下棺

제1부 눈 내리는 밤

제2부 광화문

제3부 오월 어느 날

제4부 살아남은 자의 고뇌

제5부 회전목마

제1부 눈 내리는 밤

세월호 아직 끝나지 않는 기도

주님, 금년 봄에는 우리의 기도에 응답하시나요
아직 저들을 모두 만나보지 못하였는지
선홍빛 바다 위에 뿌려진 저 무수한 시간들을 세어보지 못했
는지
사마리아 고개 길을 다 오르지 못해
강탈당한 푸른 청춘의 넋이 아직 저기에 있는데
두 손을 들어 기도를 하여도
두 손을 모아 기도를 하여도
두 손을 저어 떠나간 영혼들을 다시 불러 영원한 당신의 나라
안식의 대지 위에 모실 수만 있어도
고요한 이 항구에 304개의 은촛대를 세워
밤하늘 붉은 바다에 떠있는 살아있는 모든 것들을 향한 등대
가 되겠나이다

망언의 바다에선 그들이 보입니다
저 허영의 사제들과
석회를 바른 무덤가에서 살아가는 삯군과
그 끝을 모르는 이단의 거짓말과
산에서 숨어 지내는 우상의 그늘과
비릿한 판관들의 웃는 소리를 들어봅니다

늦은 밤이 되어도 항구로 돌아가지 않는 갈매기의 자취를 따라
포말 위에 지워지지도 않을 이름 새겨봅니다
주님, 이제는 이 긴 기도문을 읽어 내려갈 수 없습니다
당신께서 이곳에 우리를 가두어 놓으셨습니까
깊은 바다 속 심연, 부딪혀 뿜어져 나오는 거센 물바람에도
이곳의 파도는 좀처럼 수그러들지 않습니다

이곳에서 먼 곳 팽목항에서 들려오는 발을 구르는 소리를 들
어보아도
슬픈 진혼의 소리를 모두 실어 나를 수 없습니다
아직도 윗목 차가운 자리에서
촛불의 촛농이 눈물로 변해 흘러내릴 때까지
기다리시는 어머니의 나지막한 기도소리를 들어봅니다
우리는 누구를 위로할 수 없습니다
아직 나의 기도가 끝나지 않았기 때문입니다
항구로 돌아가지 않는 기나긴 줄을 바라볼 뿐
당신은 지금 어디서 와서 어디로 가고 있는지요

주님,
투쟁과 싸움의 함성 속에서 섬기는 교회를 찾을 수 없습니다

무서운 폭력과 미움 속에서 예언자적인 교회가 되지 못했습니다

희망이 없는 세상에서 희망을 주지 못한 교회가 되었습니다

공포의 감옥에서 해방되지 못한 교회가 되었습니다

협박과 침묵을 강요하는 세상에서 증인으로서의 교회가 되지
못하였습니다

고난 속에서 죽음을 강요하는 세상에서 해방하는 교회가 되
지 못하였습니다

실패와 실망 속에서 믿음을 주지 못하는 교회가 되었습니다*

아직 기도는 끝나지 않았습니다

이 바다에도 붉은 진달래가 피어오를 때까지

나는 이 기도를 고이 접어 떠나지 않는 종이배로

이곳을 유영遺詠하며 4월 식지 않는 봄을 맞이하겠나이다

*알란부삭, 〈교회의 미래〉 중에서 인용

눈 내리는 밤

밤에 내리는 눈을 보다
문득
우리의
작은 촛불의 화력으로
녹일 수 있으면
이 겨울을 따뜻하게
그저 넘어갈 수만 있으면
그리고
지상에 닿기 전에
사라지게 할 수만 있다면
불이 물보다 더 강하다는 것
꺼지지 않는 빛이 있음을
바람을 다스리고
축축한 냉기의 나라에서
차가운 보도블록을 걷어내고
함께 모닥불을 피워
밤새 따뜻했던 겨울 이야기를
나누었으면
가난했던 민중을 생각하고
이 땅에 잠시 머물렀던

사람을 기억해보네
빛으로
다가와
우리의
짐을
대신
지셨던
그분
을

일몰

뿌리부터 씹힌 우듬지를 보았습니다
그 가지 끝에 붙은 잎새는 벌어진
혀끝으로
마지막 수분을 지키려 하고 있었습니다
봄이 이미 마을 건너편까지 와 있지만
붉게 타오르는 너른 들판 앞에
감히 건너오려 하지 않습니다
망자를 기다렸는지
삼베옷을 지어입고
염습이 끝난 대지 앞에 우리는 서 있습니다
아직 새벽의 안개는
지상으로 내려올 줄 모르고
농부들은 아침 일찍 지난밤 유산된 소들을 몰고
서울로 올라갔습니다
기둥의
뿌리부터 썩어 올라간 폐가의 지붕 위에서
붉게 물든 들판을 바라보면서
돌아올 농부들을 기다려봅니다
새벽이 오려면 아직 멀었습니다
매일 동면 같은 잠을 청하지만

불면의 밤을 지새웁니다

매일

일몰이 무서워지는 이유를

이제야 알겠습니다

흔적

광화문,
바람에 부러진 가지
속에서
그 흔적들을 보았다
돌아갈 수 없는
시간 안에
겉도는
민주주의의 영혼들
어머니 입김 같은
바람에 흔들려도
아물지 않는 상처는
아프다
깊은 겨울밤,
눈 덮인
숲에
깃든 새들도
이 밤에 촛불을 켜
온 몸으로
광장의 밤을
밝힌다

저물어 우는 강

갈대 숲 우는 새의 목소리
달을 채우지 못한
갓난아이의 그 울음이다
바람도 달래지 못한
떨림에도
우리는 지난 여름 썩은 강에
뿌리를 내리고
그 혹서를 묵묵히 견뎌내었다
유산의 흔적들을
조각배 위 어느 사공이 배 위로
건져내었다
끊어질 듯 간신히 붙어 있는
길을 잘못 찾아든 고래의 힘줄
거기에 있었다
바람소리도
강의 울음이 섞인 듯
물결의 찰랑거림에도
사공의 굳게 다문 입에서도
갈대숲에서 나오는 모든 소리는
서로를 닮아 있었다

겨울 바다

바다를 보았다
흐르지 않고
그 자리에서 몸을 떨며
흔들리는 물결로
수많은 지난 사람들,
뭍으로 밀어내었던
그 오래된 바다를
길에서 보았다
변해도
변하질 않았다
그 사람들

무명시인의 시집

책장 속 오래된
어느 무명시인의 시집 한 권 꺼내
쌓인 먼지를 털어내고
읽던 중
학창시절
책 중간에 끼어둔
색 바랜 나뭇잎
하나 보았네
세월 앞에 마른 잎도
한 편의 시가 될 수 있구나
종이 위에 물든
흔적 따라가 보면
느껴지는 낙엽의 통증과
나무의 슬픈 이별 이야기와
시인의 가난한 마음을
시집은 지금껏 품에 안아
그 모든 걸
견뎌내었구나
그의 시어는 시리고 아프고
참으로 아름다웠다

미어켓 가족

잿빛 구름이었다
지난밤 잠을 잘 수 없었던 건
창문 앞에 어른거리는 폭풍의 환영들과
난리를 피해 옹벽 구멍 속으로 숨어버린
미어켓들이었다
이웃집 노파를 위한
구급자동차의 싸이렌 소리가
멀리서 들려올 무렵
노파의 회생을 싫어하는
소방 도로 위 자동차들은 서로 뒤엉켜
도망친 미어켓들을 잡으러 다녔다
미어켓은 빛을 싫어하였다
전혀 평범하지도 않는 가로등에 붙은
형광등의 불빛 떨림은 그 겨울,
빗발치는 민원에도 고쳐지지 않았고
달방에서 노년기 시절을 보내고 있는
김씨의 손은 희미한 불빛 아래서
언제부턴가 조금씩 떨리기
시작하였고
그를 향하여

해가 질 때까지 1통 반장의 집에선
주인아저씨의 고함소리가 그치지 않았다
주로 밤에 나가 아침이면 돌아오는
골목길 끝집 단칸방의 아가씨는
길고양이에게 줄 참치 캔
사는 걸 잊어버렸다며 그날 외출 후
돌아오질 않았다

바람에 찢겨진 신문 한 장이
폐지를 모으던 할머니 주머니 속으로
자리를 찾아 들어갈 무렵이었다

지하도 Y 선생

지하도에 누운 채 석면으로 뒤덮인
천장을 응시하던 고향이 서울이 아닌
그 사람은 그렇게 몰골이 초라하게 보이진 않았다
늘 주머니에 손을 넣고 스위스제 잭나이프를
만지작거리면서 파장 시간을 기다리곤 했다
늦은 겨울비가 내리는 저녁이었나
비는 눈과 섞여 차도를 따라 들어왔고
그의 낡은 외투는 천정에서 흔들리는
형광등 빛에 반사되어 반짝였다
진탕 분탕질로 집안 살림을 거덜 낸 얼굴처럼
세상은 그를 원망하지도 돌을 던지지도 못했다
가게들의 저마다 이유 있는
네온사인 간판이름들만 외워도
지성인처럼 그 세계에선 대우를 받았다
하늘에선 싸라기눈이 더 빠르게 지상으로 떨어졌다
그 소리에 놀라 사람들은 집으로 빠르게 도망을 쳤다
그는 뒤에서 말없이 웃고 있었다
길들여진 사육의 현장,
목동의 부재는 다시 그들에게 최면을 걸어온다
내일 날이 밝지 않을 테니 함께 지하도로 갑시다

스위스제 잭나이프로 모든 것을 끊을 수 있으니
시간도 사랑도 간판의 이름도 내릴 수 있으니
페달이 부러진 전동차 안에서
지난 여름 여행 중 당신이 버려두고 온 유기견을
찾아보지 않겠습니까 그는 그 자리를 떠나지 않았고
눈은 사라지고 대신 겨울비가 쏟아지기 시작하였다
간판의 불들이 하나씩 꺼지기 시작하였다

빛무리

진눈깨비가 내리는
어느 저녁 무렵이었을까
얼굴에 닿자 바로 녹아
흘러내리는
차가운 느낌은
눈만큼 그리 따뜻하진 않았다
하지만
길 위의 무리들은
서로 작별을 고하지 않았다
이름도 주소도 나이도
심지어 성별도 묻지 않는
지상의 성역엔 빛이 한가득이다
가판대의 30촉 백열등도
아기를 업은 여인도
학생도 모두가 춤을 추며
노래를 부르는 동안
대궐의 지붕 위로 달이 떠올라
그 위에 멈춘 채
수줍은 빛무리가 되었다
사람들은 성소의 제단 앞에 불을 피웠고

눈은 지상에 닿기도 전에
흔적도 없이 사라졌다
빛을 든 사람만이 끝내 이기리라는
문구가 보였다
진눈깨비는 어느새
함박눈으로 내리기 시작하였고
거리의 건물들과
서로 마주보는 얼굴까지도
하얗게 색이 칠해지는
아름다운 밤이었다

11월 26일 5차 촛불집회

촛불의 영롱한 빛과
소담스러운 하늘의 첫눈이
이렇게 나 아름다울까
저 모습을 보라
사람들의
겨드랑이에서부터
날개가
돋는 모습,
우리는 지금 천사의 꿈을
꾸고 있는가
건널 수 없었던 바다에
유년 시절의 고향을 향한
다리가 놓여질 때
억압과 분노의 시간이
다 끝나가고
그 겨울의 광화문 광장으로
이제는 돌아와
손에 빛을 들고 함께 첫눈을 맞자
아, 착하고
순결함이여

어둠을 몰아내고
감겨진 두 눈을 열어주는
따뜻한 손길이여
손끝에서 만나는
사랑하는 수백만의 남녀여
민중의 노래를 부르는
우리의 천사들이여

이렇게도 아름다운 적이 있었던가
순백의 가난하고 겸손한 저 영혼들이

촛불(광화)시민혁명 1

광화문
빛으로 세상을 가르치고
화합하게 한다는 뜻을 보게
어둠과 함께 있었던
빛이 있었던가
광기의 폭정이 끝나고
이 겨울이 다 지나갈 때까지
우리의 빛을 거두지 말자
자신의 모든 것을 태워
환하게 만드는
이 순수하고 밝은 영혼들을
보라 그 앞에서
굳게 닫힌 문이 열리는
장엄한 모습은 또 어떠한가
빛을 든
착한 민중들만이 그대로를 지날 수 있음을

나라의 쥐새끼들이
모두 궁벽한 구멍 속으로
한 마리씩 사라지기 시작하였을 때

서울의 겨울은 빨리 찾아온다지요 찬 바닥에 앉아 손에 작은 불빛을 들고 아무도 비출 수 없는 곳을 비추려하는 여러분들은 나라를 사랑하는 진정한 애국자입니다 촛불의 진원지인 광화문은 대한민국 역사 이래로 민주화의 성지가 될 것입니다 순천만에 흑두루미가 올해 많이 찾아왔답니다 아직 이 나라에도 희망이 있다는 길조입니다 부패의 원흉과 그 간신들이 다 물러가는 날에 말입니다

부고

밤이면 남산에 올라

붉게 물들인 십자가로

세워진 도시를 바라보았다

그곳은

어느 무연고자들의 무덤가,

새벽이슬에 덮인

낡은 잔해 속에서 생각해보면

언제 나의 시간은 한번이라도

화려했던 적이 있었던가

해방되었는가

아니 해방의 기쁨은

한번도 느껴본 적이 없었다

유성처럼 쏟아지는

조간신문의 부고란에

적힌 이름 때문에

매일 밤 나는 장례식장에 간다

어느 누구 누구의 조의를 전하며

참으로 행복하셨습니다 말하며

이름 없이 태어나는 사람은

한사람도 없음에,

오늘 나는 그들을 위해
부고장을 만들고
또 하나의 십자가를 깎고 다듬어
세워주었다

촛불(광화)시민혁명 2

광화문,
네거리에 가보았는가
노란건물이 수채화처럼
그려져 있던 곳
굳은 화강암 반석 위에
새겨진 천년의 함성 소리와
숭고했던 사람들의 빛이 있는 곳
널리 그 빛으로
무지와 어둠을 몰아내어
화합하려는 이들이
터를 잡고 함께
민중의 노래를 불렀던 곳
혁명은 그곳에서부터 시작하였네
그 빛들 모아져
가슴에서
우레를 치는 소리를 들었다
네거리로 나아가
이 빛으로
저 굳게 닫힌 문을 열자
소설을 지나 기와지붕을 감싸

내려온 어머니 하얀 소복 같은
눈꽃들을 한번 만져보자
빛으로 가르쳐보자
광기의 시절은 지나가리라
빛으로 환하게 태어난 시민들이여
우리의 꿈은 사치가 아니었음을
광화문 네거리에 한번 가보라
사방에서 찾아온 순례자들
그곳에 있으리니

길고양이

밤새워 거세의 흔적들을 지워보지만
문풍지 뜯긴 고적한 창가에선
어느 취객의
주절거리는 소리만 들렸다
이놈의 세상 확 뒤집어져라
귀에 익은 그 목소리는
오르막 계단 끝,
산비탈을 깎아 지은 파란 양철지붕
월세 10만원에 홀로 세 들어 사는
잡부 김씨였다
하루 노동일이 없을 땐
온종일 방구석에 쳐 박혀
독한 소주를 마셔댔지
그의 간은 내 것만큼 크게 부어 있을 테지
사람들이 보이질 않는
텅텅 빈 나른한 오후는 너무 무서워
어느 일수쟁이 야반도주한
폐가의 대청 밑에서 보내기도 하였다
밤이면 작년 여름 채색된 마을 담벼락에서
그려진 암고양이 앞에서 빈식의 추억을 떠올리기도 하였다

시절은 가고

나는 사람이 되어 갔고

잡부 김씨는 그날 이후로

파란 양철지붕 집 밖으로 나온 적이 없었다

그들을 보았다

바람 앞에 양초 빛들이
들에 핀 꽃들처럼 하늘거릴 때
늦은 밤,
낯설지 않은 서울
어느 거리 위에서
구명조끼를 입고 있던
세월호 안의 아이들과
선생님 그리고
나의 어머니 아버지를 만났다
불빛 너머
우린 서로를 마주보았을 때
아무 말도 할 수 없었다
망각의 문 앞에 선 촛화들
오래된 성전에서
기도를 드리고 있는 모습이었다
살아남은 자들은 슬프다
응답할 수 없음에
끝없이 두 뺨으로 흘러내리는 눈물은
촛농처럼 온 몸을 적시고 녹였다
참으로 아름다웠다

삼백사명의 사람들,
그들도 우리와 함께 그곳에 있었다
바람 앞에 영원히 꺼지지 않는
빛 속에서

산행

좁은 산길을 걷다
정상에서 내려오는
사람들을 만났다
모든 게 느린 산비탈
오르는 길이
매우 가팔라
가쁜 숨 내어 쉬는 걸 보았는지
힘내시라며
길을 내어준다
세상의 모든 사람들,
다 이와 같았으면
오늘따라 산이 더
어여삐 보인다

진군

바람을 보지는 못했지만
바람을 잡을 순 있었다
그것은 허상이 아니라
무어라 표현할 수 없는 힘과
크기와 모양과 느낌을
가지고 있었다
그것을 알고 있듯
마을 동산에서
하늘 높이 연을 날리는
아이들은 위대하였다
빈들 위 바람 앞의
농부는 차마 거룩하기까지 하였다
거리 위 사람들의 손에든 작은 불빛은
점점 들불이 되어 갔다
그들의 두 눈 속에서
성지에서 온 순례자들을 만났다
이 세상엔 잡을 수도 없고
볼 수 없는 것들은 하나도 없다
그 중심에 흔들리지 않고
함께 서 있으면

제2부 광화문

강아지 울음

어수선한 시국에
행여 양심이 무더질까
이성 없는 상황 속에서의
꼭두각시가 될까
괴로워하며
새벽선잠에서
눈을 떠 사방의 벽들을 보니
이곳이 시방 감옥이었구나

옆집 돌담벼락 아래서
새벽마실 나온
강아지의 캉캉 짖는 소리가
들렸다

부활의 아침

그날 아침 나는 보았네
아버지 죽어 관에 누워 있는 모습을
두 손엔 성경책과
기도묵주가 들려 있었지
그때 내 나이 8살이었나
봉분을 위해 쌓아 놓은 황토 주위로
부활을 꿈꾸며 노래하는 사람들
요한아,
"잠자는 자, 그분 오시는 날에
다시 살아나리라"
40년이 지난 지금
나는 아버지를 매일 만나네
매일 거울 앞에 선 내 아버지여
길 위 촛불들 사이에서 기도하시는 아버지여
세상을 향하여 울고 계시는 아버지여
늦은 밤,
8살 내 아이와 함께 곤하게 주무시는 아버지여
부활의 꿈을 이루신 아버지여
내 인생 막연한 기대는 사치가 아니었네
아버지 꼭 살아나세요

민들레 뿌리처럼 질기도록 살아남으서서
그때는 어린 얼굴을 보시면서
돌아가셨지만
거리 위에 선
지금의 다 자란 제 모습도 보아주세요
부활의 내 아버지여

어떤 깨달음

작은 촛불 하나 들고
길 위를 한없이 걸었네
유난히 달이 크고
선명하게 밝은 밤이었나
보도블록 사이를
뚫고 올라와 여린 잎을
내려는 민들레를 보았네
감히 이 도시를 덮고 있는 암흑도
너를
짓누르는 무게도
널 이기지 못하는 걸 보니
네가 나보다 훨씬 낫구나

예배당 언덕의 계단길
걸어 내려오다
아스팔트 포장 사이를 뚫고
올라온 작은 민들레의
곧게 뻗은 잎이 보인다
저렇게 가녀린 몸으로
굳은 세상에 나와

살려는 너를 보니,

네가
나보단 낫구나

응답하라 1987

슬픔을 가두어 놓을 수 있을까 삼십년이 지난 지금 그 말이 거짓이 아닌 사실이었음을 슬픔과 분노의 역사를 이미 지나와 서 그 시절 동지들을 만나 일상으로 돌아와 퇴근 후 선술집에서 나 피로를 풀며 나누는 이야기인 줄 알았는데, 슬픔은 지금까지 무수한 시간들을 속이며 위장을 하고 우리 안에서 기생하고 있 었음을 웅어리진 가슴을 어떻게 씻어 내리고 보듬어야 하는지, 아이들과 함께 차가운 거리에 앉아 있는 저 사람들이 안쓰럽다 그리고 이들의 가슴을 멍들게 한 자들이 받아야 할 산처럼 쌓여 있는 죗값이 저 슬픔들을 다 씻어낼 수 있을지를,

저들처럼

내 몸 속에 기생하는 이 슬픔이

정말로 싫어지는 밤이다

흑고니

왜 이런 나라에까지 수천 킬로를 날아와 마지막 생을 정리했
는지 죽은 강이 너에게 아무것도 줄 수 없어 너무 미안하다 나
라가 병이 들었으니, 너와 같은 이들을 또 어떻게 마중해야 하나

얼어붙은 강에서
긴 부리로 시간을 쪼며
지난 동면의 추억을
떠올리려는 모습은
이제는 볼 수 없음을,

긴 시간이 지난 후에 푸른 들녘 다시 찾거든 동무들과 함께
닐아와 배불리 먹고 쉬어 너를 찾는 이들에게 꿈 하나 가득 실
어주었으면

바람의 무게

저 바람은
남녘에서 오지 않았을 것이다
차마 그 속에서
땅 끝에 서 있는 사람들을
스쳐지나온 바람의 냄새와
어느 이름 모를 촌부의 통곡과
거대한 풍차를
돌려봄직한 무게를 재어본다
그 바람이
도시의 빌딩 사이로
거리 위 촛불을 든 성자들 사이로 분다
바람이 모든 것을 기억해낼 때
그 소식을 남김없이 전해줄 때
누구에게나 견디기 힘든 계절을
시리고 아픈 통증을 참아내면서까지
지나고 있는 것이다

가을밤의 상념

어느 11월 초
겨울을 재촉하는
비가 내리던
늦은 가을밤,
촛불을 들고 있는 무리들을 따라
사람들은
종로5가에서
광화문까지 걸었다
그때 처음으로 아득히 먼 곳에서 보았다
무수히 거리에 쌓여 있는
낙엽들이 빗물과 섞여 그렇게 눈부시고
찬란하게 빛을 내고 있던 모습들을
이곳에서 그들의 바다를 보았다
무수한 촛불로 이룬 그들의
바다를

금강보 1

강둑을 따라 세워진 보들을 보았다
강 끝 편 하구에선
몇 년 전 이 강을 떠났던 연어의
성체들이 숨을 헐떡인다
태생의 흔적들을 잃었는지
유랑하는 모습들 위로
나이에 맞지 않게 덜 자란
동네 아이들이 보위를 뛰며
건너편 마을 아이들을 위협하며
막대기로 툭툭치며 고함을 지른다
그해 가을걷이는 평년에 비해
작황이 줄어들어
집집마다 아궁이 불 지피는 소리에
소란한 밤을 지새워야 했다
아무도 저무는 강엔 가보려
하지 않았다
푸름의 악취는 언제부턴가
강을 강박적으로 보호하기 시작하였다
아무것도 보이지 않고 거주의 자유도
허용되지 않는 이곳에서

강은 보들과 함께
독재를 하기 시작하였다

가을단상

노란 나뭇잎들이 모두
떨어지기 전에
꼭 해야 할 일이 있습니다
지상에 나와
한번은 푸르렀던 시절에
감사하며 가는 길을
마중하며 축복해주는 일입니다
천년 고택 담장을 따라
어른의 손을 잡고 마냥 웃는
아이가 부럽습니다
얼마나 저만큼 나는
지난 시간들 앞에
순수했는지요
그동안
사산된 추억들을
오래된 책장 안에 끼워 넣고
버리지 못하였습니다
지난여름 동안 축적된
땅의 열기와 함께
고요히 누워 있는

모습을 보십시오
버려서 기뻐하는 모습이 아닙니까
나는 날마다 낡아 가지만
아름답게 변하여 갑니다
더 노랗게
더 붉게

낙엽

부끄럽다
나도 저만큼 겸허한 모습으로
어느 지상에 닿을 만큼
낮은 곳에서 태어났는지를
소란한 장맛비가
지나간 후 구름 뒤의
환한 빛 받아
보는 이들에게 기쁨을 주었는지를
화려했던 시절들은
미련 없이 뒤로하고
사랑하는 사람들 위하여
그 발밑에서 삶을 함께 노래하였는지를
하얀 눈이 내리던 밤엔
이 거리 위 노숙인들과
누워 꽁꽁 언 몸 부둥켜
따뜻하게 녹여 보았는지를
순결한 잉태에 대한 무지함을
계절의 성자여,
고해소로 나의 이름을 부르라
불의에 입을 다문 나를 용서하라

손에 든 촛불의 심지가 다하는 날에
가장 그 빛깔이 영롱하며 붉게
활활 타오르는 날에

들꽃에도 향기가 있다

들에 핀 꽃에도 향기가 있다
가느다란 연한 줄기도
산들 바람에도 흔들리며
얼굴에 묻은
먼지를 털어내는 하얀 꽃잎도
갈증을 느낀다
그냥 그 자리에서
피어 있는 것도
모두 이유가 있어서이다
어느 날 새벽아침
언덕을 내려오다
길 위에서 그에게 물었다
언제가 가장 행복한 시절이었느냐고
무심코 지나는 사람 아니
동네마실 나온 강아지까지라도
그냥 가지 않고 걸음을 멈춰
정겹게 킁킁거리며
웃음 지을 때가
꺾지 않고 두 손 모아 고이
감싸줄 때가 가장 행복하였다고

세상 모든 것들은 갈증을 느낀다
세상 모든 것들은 향기가 난다
들에 핀 꽃들을 보면 늘 그런 생각이 든다
오늘 거리에서 만난 사람들도

광화문

이곳에 서서 봄을 기다립니다
사람의 정취가 그리울 때입니다
지난겨울의 공포와 두려움
거리에서 죽어갔던 오월의
푸름의 흔적들은
먼 나라에서 지워지지 않는 화석이
되어 있었습니다
이렇게 외로운 얼굴들을
본 적이 없었습니다
그들 사이로 흐르지 않는 강물을
건너려는 초원의 거룩한 성자들이 보입니다
선장도 선원도 모두 떠난 채
이름이 지워진 슬픈 난파선이
수면 위에서 표류합니다
정든 광화문 거리에서 불러봅니다
영원히 꺼지질 않는 촛불 하나 손에 들고,
떠나갔던 그리운 동지들이여,
이곳을 기억하소서
따뜻한 계절 봄이 오면
차디찬 깨어진 보도블록 사이로

연한 몸 세워 피어날 민들레 홀씨가

아직 살아있음을

찬란한 태양빛 아래

죽었던 강물 흐르고

모든 것이 살아나는 날

그날에 불러봅니다

사무치도록 그리운

나의 동지여

선생이어

명함

어디 사는 누구신가요

행여 누가 나에게 이렇게 물어온다면

가난하지만 늘 행복했던
청춘으로 집을 짓고 희망으로
돌계단 하나씩 쌓아 산길을 내었던 곳
간밤을 따뜻하게 데우고
얼굴에 하얗게 분바르고
기다리던 좁은 골목길에서
산동네의 순박한 명함들을
읽는다
형제이발관,
소망세탁소,
현대슈퍼,
낡은 담장에 꿈을 그리며 지키는 사람들
그 이름만큼 찬란했던 순간들
이곳의 봄날은 길다
여름은 화려하고
가을은 정숙하다

2000년 어느 겨울은 유난히도 따뜻했다
골목길 끝자락 그 예배당의
종소리는 항상 그 시각만 되면
단잠에 든 마을을 깨우고
산 아래로 희망을 팔러나갔다
혹여 어디에서 사는 누구신지요
사람들 만나
물어 오면
비로소
자신 있게 내어놓을 수 있는
작은 이름 한번
불러볼 수 있는 명함 한 상 내밀겠다

어떤 믿음

새벽 아침
지지 않는 별 하나 보면서
한 사람을 추억해보네
서울 외딴 달동네
언덕 위,
찬 우유를 배달하다
호적한 교회예배당
창문 너머로 들리는
동네 목사님의 새벽 설교문

믿음은 보이지
않는 것들을 바라고 믿는 것이라네

동네 구석진 곳
허리를 구부려야 들어올 수 있는
작은집에 돌아와
창문 너머
잠들어 있는 도시를 보네
품에 함께 누운 아내와 자식을 보네
지난밤 한번도 만나본 적 없지만

깨어진 가로등 전신주 아래서
언제나 술에 취해 주절대는
익숙한 그 목소리를 듣네
그 사람들은 가고 옛 기억들은 남아
보상받지 못한 확신으로만 자라가고
모두 허상이라고만 하는 말들이
마음을 이리도 아프게 하는지
눈으로 보이는 것만 보지 않았네
귀로 듣는 것만 듣지 않았네
저기 저 떠오르는 붉은 해와 함께
사라져만 가는 어두움을 보았네
잠에서 깨어난
작은 새의 지절거리는 소리를 들었네

그리고는

새벽잠이 들었고
나는 꿈을 꾸기 시작하였네

청춘,

가끔은
지중해 어느 한적한 시골 바닷가
바람에 흔들리는 들꽃들 너머로
푸른 바닷물처럼 청롱한
그 빛깔 그대로
우리 사는 곳
투명하였음을
바랐던 적이 있었지만

오랜 시간이 지나고
어른들의 나이만큼
키만큼 자람이
모두 끝났을 때
언제나 그 바람은
현재진행형이라는 것을
알았다

그들 사이로 바람이
소리를 나른다

아이야,

지나온 길 발자국도

남기지 않은 채

훌쩍 넘어 바람처럼

온 아이야,

소망은 이루어지지 않을 때

간절하며

들꽃내음에도

흥분되는 것

바람을 잡지 말고

흔들림을 보렴

투명해져 있는 물을 보지 말고

여러 모습으로

바람에 흩어지는 물결을 보려무나

그 길 따라가 보면

늘 푸르렀던 나의 청춘이여

서울역 1980

광장마다 묻어둔 내 자취들
우리는 늘 자정을 넘기는
호남행 열차를 함께
나누어 탔네
그 해 겨울은 유난히 추웠네
만년 빙하 속 흔적을 따라
광장 앞 화석처럼 굳은 동상의
말 한마디,

희망찬 내일을 향하여

굳은 자취를 남기며
정든 동무들 열차의 기적 소리와 함께
저 멀리 사라져 가네

나의 팔금八禁

욕심으로 가득 찬 그대는 눈이 멀고 귀가 막혀 이 세상이 천국으로만 보일 것이요,

눈물 한 방울 흘릴 줄 모르는 메마른 그대는 처절하게 혼자 살다 외롭게 갈 것이요,

작은 일에도 쉽게 분을 내는 그대에게 돌아오는 몫은 아무것도 없을 것이요,

불의한 일 앞에서도 못 본 척 넘어가는 그대는 허기진 양심을 가질 터이요,

불쌍한 이웃을 보고도 외면하는 그대는 버림받은 영혼이 될 것이요,

마음이 더럽고 생각이 추잡한 그대는 친구가 하나도 없을 것이요,

어디에서나 목줄 풀어진 개처럼 으르렁대는 그대는 대접도 못 받을 것이요,

정의 앞에 도망만 치는 그대는 세상에서는 갈 곳이 없을 것이라

이 모든 것들을 하나도 행치 않는 자들은 복이 있나니,
그는 진정한 그리스도의 제자가 될 것이다

폐지 줍던 할머니

서울의 전세 값이 집값보다 비쌀 무렵
비 오는 골목길을 누비며
연락도 끊어진 아들이 둘이나 있다면서
생활보호대상자에도 들지 못한 팔순 노파는

오늘 아침에도

변함없이
집 앞 전봇대 아래 쓰레기 더미를
사람에 대한 경계심을 잃은
고양이 한 마리와 함께 헤집어 놓았다
그리곤 적당한 골목의 경계를 나누어
깨끗이 폐지 수집이 끝난 후
다른 노파와 함께 교회마다 돌아다니며
희망찬 동전수집에 들어갔다
오늘은 폐지 팔아 번 돈 삼천 원과
다니지도 않는 교회에서 발품을 팔아
받은 돈 이천 원에
못 보던 아들들 본 마냥 절뚝거리는 다리를 이끌고
철벅철벅 거리에서 춤을 추듯

볕이 들지 않는 지하 월세 방으로 사라져갔다

굽어진 어깨 위로
흐르는 빗줄기에 축 늘어진 전선줄에서
오래 전 노파의 고향에서 본 적 있었던
그 참새 떼가 줄지어 앉아
마냥 즐겁게 합창을 하고 있었다

갈증

꼭 물이 없다 해서
낮과 밤 기온 차가 극명하다 해서
보이는 것들은
모두 색이 바래어 누렇게 떠버린
아무데도 쓸데없는 모래언덕뿐이라 해서
그곳을 사막이라고 부르진 않을 것이다

나는 지금 그 사막 한가운데 서 있느니
목이 마르면 아무 편의점에 들어가
마음껏 돈을 내고 마른 목을 축일 수 있는데
마시면 마실수록 왜 이렇게 목이 마른지

한낮이나 한밤이나 가시지 않는 이 가슴의
활활 타오르는 통증은 또 어떻게 할지

거리를 걷다,

병들고 털이 빠져
주인에게 버림받은 유기견 한 마리가
언제부터인가 친구마냥 뒤를 따라 다닌다

이곳에서 정신을 잃으면
주인을 잃은 저 가여운 개보다
못한 처지가 될 것이 분명하거늘
주인을 찾으러 사람들 사이를
파고 또 파보아도 손가락 사이로
힘없이 부서지는 저 모래들처럼

사막에서
이 풍성한 황량함에서

제3부 오월 어느 날

어느 세일즈맨의 죽음

언제부턴가
집 앞 로또 복권판매대에서
일주일에 한번 출근시간이 되면
그 시각
그 장소
일체의 착오도 없이
반듯한 양복 차림에
서류가방을 손에 들고
천만 분의 일 확률에 영혼과
몸을 던지는 한 사내를 본다

나이가 중년쯤 되는지
주름진 이마는
상상의 한계를 넘나들게 하고
집과 일터, 이차원 세계에서
벗어나지 못하는
나에게도 한번 저 자리에서
허공에 날아다니는
무수한 자연수들에
과거와 미래까지의 삶을

걸어보고 싶은 충동에 사로잡힌다

어차피 인간이란 숫자에 약하지 않는가
스스로를 변명하면서
겨우 걸음마를 떼고 유치원에 입학한
어린 딸의 작은 머릿속에
구구단을 억지로 집어넣는 조기교육에
집착하는 이웃집 젊은 여자나
골목길 후미진 곳에서 거세된 채
발정의 추억마저 잊어버린
숫자를 가리지 않고 집적대는 고양이나
모두 한바탕 굿춤을 추지 않는가

누가 왜 그렇게 한여름 벼락 맞을 일에
시간을 허비하냐고 묻거든
저들을 숫자의 노예로 만든 나라를
탓한들 어찌 하겠는가

하늘에선 일기예보에도 없는 부슬비가 내리고
양복 입은 중년의 사내는 오늘도

출근 시간이 지나도

그 자리를 떠나질 않는데

가위

여름에 찾아오는 태풍도 바다를 휩쓸지는 못하듯이 바람은 지나도 바다는 잠시 흔들릴 뿐 보이는가 사람은 가고 유치하고 삼류소설 속에서나 찾을 수 있는 정신은 남는 법, 새벽에 낡은 창문을 흔들며 지나는 기차의 기적소리와 함께 육신을 누르며 지나는 영혼의 폭압은 한낱 아침의 식욕만을 재촉 할 뿐, 아무도 오지 않는 이 작고 누추한 골방에서 밤새 시 따위를 끼적거리며 미친 자처럼 한 줄 글에 감동하며 울고 웃는 이 방에는 결국 아무도 오지 않았고 그리고 아무것도 남아 있질 않는가

이른 새벽 늙은 어머니가 남은 찬밥에 물을 말아 구부러진 등으로 문지방을 넘어오는 저 참담한 몰골에, 사랑은 열병에 걸려 마지막 숨조차도 각혈로 버려지는 진부한 주제라는 것을

아, 하루를 따라가는 거룩한 순례자의 모습도 마치 꿈속을 걷는 몽유병자였다는 것을 아는가 망자亡者여

시간 속에서 한줌의 재로 사그라져갈 서럽도록 가슴속을 활활 타오르게 하는 검은 그림자여

노인들

2월 산길을 오르다 탈진하여 홀로 길가에 퍼덕이는 산새에게도 홀로 공원 안 벤치에 앉아 지나는 사람을 보면서 열변을 토하는 백발의 신사에게도 다 그 이유가 있다

비릿한 생선 껍질의 야릇한 추억 때문에 귀향의 대열에 끼지 못한 채 보장 없는 기회의 땅에 정착한 철새들처럼, 한 시절은 가고 또 다른 무리를 기다려야 하는 저 모습이 보이는가 산에서는 아직도 수백 년 자리를 지킨 고목이 늦은 눈을 거부감 없이 온몸으로 받는다

그 곁으론 나무를 닮은 듯 절뚝거리는 무릎을 움켜쥐고 거친 숨을 내쉬면서 마지막 생과 흥정을 하는 사람들이 보인다

아무도 가는 발목을 붙잡는다 하여 돌을 던질 이 누가 있겠는가 늙은 고목의 품에 안긴 컴컴한 빈 공간은 산길을 재잘거리며 지나는 자들에겐 그저 하나의 풍경사진을 위한 제물밖에 되지 않는 것을, 죽음을 위한 첫 준비물로 한 장의 사진과 고목의 껍질을 닮은 수의壽衣 한 벌 외엔 무엇이 있겠는가 그렇게 그들의 또 한 겨울이 지나가고 있었다

오월

1

사랑하는 이여, 내 기억 속에서 5월이라는 단어를 지워주세요
핏빛 꽃잎이 떨어지는 날에는 그 해 아스팔트 도로를 달구며 행
진하였던 그 열정의 순간들이 흙 속에 누워 있는 이들의 넋을
다시 불러올릴까 봐 두렵습니다 그 해, 초등학교 졸업을 앞둔 어
린 소년의 순수했던 꿈마저 타락시킨 억압의 폭정 속에서 얼마
나 많은 자들을 잠들게 하였으며 또 얼마나 많은 이들을 숨어
자위하게 하였는지요 두려움은 또 다른 세상을 열어놓았습니다
어린 두 눈에서는 총탄이 박혀 뒷머리가 날아간 가마니에 덮인
할아버지의 모습이 아직도 환영幻影처럼 따라다닙니다

2

사랑하는 이여, 저 산 위로 기어 넘어오는 저 5월을 몸으로라
도 막아주세요 영혼은 황폐해져 땅에 떨어지고 시들은 꽃 위에
피어나는 저 초록 잎 사이에 이는 바람으로 지금은 핏빛 멍이
들었습니다 너무나도 가벼운 배반의 땅에선 자랄 수 있는 것은
아무것도 없습니다

그러니 이곳엔 이미 봄이 사라져 없다고, 당신이 찾는 따뜻한
봄은 여기에 없다고, 저 문턱에 서서 넘어오는 5월에게 알려주
세요

아직도 둥지를 틀지 못한 채 방황하는 영혼들을 위해서 말입
니다

장난감 우주선

오래된 학교 앞 문방구점에서 아이 하나가 장난감 우주선을 품에 안고 게임기 앞을 떠나질 않는다 아이는 상자 속 우주를 마음껏 비행하고 싶은지 입으로 소리까지 내면서 게임을 한다 그 소리가 지구 밖 먼 우주에서 들려오는 고향을 떠나 떠도는 자들의 슬픈 울음소리처럼 느껴지는 이유는 무엇일까

철없는 시절, 우주에 대한 동경과 지난 세월에 대한 연민은 고장 난 우주선 장난감처럼 추억 속에서 숨겨져 있고 우리는 아직 완성되지 않은 공간으로 날아가려는 낡은 우주선을 멀리서 정처 없이 날아가는 청둥오리 떼를 바라보는 아이의 눈에서 발견해야 한다

그리고 지상에서 굴러다니는 우주의 별만큼이나 많은 조각난 돌을 보면서 아이의 간절한 열망 속에서 분해되어 산산이 흩어지는 낡은 꿈을 꾸어야 한다

보라, 지난 세월들이 얼마나 우리를 그 갈증 속에서 애타게 하였는지를 수없이 검은 우주를 향하여 쏘아 올렸던 인간의 유한한 열정을 무한한 공간을 떠도는 좌표를 잃은 우리의 낡은 우주선을, 해가 져도 집에 돌아갈 줄 모르는 아이를 통해

거울

거울을 본다 머리를 다듬고 얼굴에 화장을 하고 잘 다려진 셔츠를 입고 나는 거울 속으로 출근을 한다 그 속에서 봄의 아침을 맞이한다

오래 전, 이미 화석이 된 딱딱한 꽃잎 위에서 고체가 된 꿀을 깨어 씹어본다 수만 년의 원시림 속에서 사는 사람들을 만나 이야기를 나눈다

그 안에 흐르는 정적은 시간을 성숙시키고 거울 속의 나무를 자라게 한다 거울 밖에서 보았던 사내는 더 이상 보이질 않는다 멀리 인파 속으로 사라지는 등이 굽은 그의 모습을 바라보면서 또 한 번 탈각의 기쁨에 젖어 들면서, 지상의 사치스러웠던 자만심은 자학으로 그리곤 젊은 날의 허상이있음을 깨닫게 된다

1미리도 안 되는 세상에서 세상을 본다 거울 밖 남자는 거울 속에서 살고 마지막 남아 있는 감각으로 쉽게 깨어질 사랑을 나눈다

지금 당신은 무엇을 보고 있습니까

연무煙霧

1

아침이 이미 곁에 와 있는데도 밤새 무겁게 짓누르며 도시를 덮고 있는 안개는 사라질 줄 모른다

2

아직도 어제 밤을 벗어나지 못한 중년의 취객은 하루의 시작을 아쉬운 듯 벤치 위 책을 읽고 있는 젊은 청동 여자조각상의 치마 자락을 붙잡고 몽환夢幻 속 연애를 하고, 대학을 갓 졸업한 일용직 청년 청소부는 도로 위 흰 차선을 넘나들면서 지난 밤 거리의 흔적들이 묻어 있는 곳마다 곡예 하듯 청소를 한다 생각해 보면, 이 도시를 누르는 저 안개의 질량은 이곳에서 살았던 얼마나 많은 사람들의 절망의 깊이와 비례할지도 모르는 일 아닌가 상가 위 낯선 교회의 십자가 불빛은 꺼질 줄 모르고, 아직 그 깊이를 모르는 천진난만한 아이들은 새벽시간 부모의 품에서 깨어날 줄 모른다 그러나 언젠가는 저들도 저 질량 속으로 흡수되리니, 저렇게 떠나지 못하고 저 자리에서만 오랫동안 머무는 건, 떠나는 발목을 아쉬워 붙드는 사람들이 아직도 이 거리에 있어서 아닌가

3

산에 오를 땐 모두가 한 번씩 가보았던 길을 따라가듯이, 세상에 숨겨진 길도 그렇게 쉽게 찾을 수 있다면 얼마나 좋겠는가 집 잃은 짐승의 울음소리에도 기둥 밑에 묻혀진 자신의 흔적을 찾으려는 애태움이 있음을, 오늘 나는 거리에서 만난 한 지적인 노숙인을 통하여 알게 되었다 깡마르고 핏기 없는 얼굴에 호적상 나이는 사십이지만 이미 그의 생물학적 나이는 환갑을 바라보고 있었고, 흐르는 세월에 자연스러운 나이 듦은 그래도 길을 찾는 자들의 행복한 찬가라 하면서 찢어진 신문의 일면 위에 앉아 밤새 추위에 떨며 먹었던 라면국물들을 게워내고 있었다

4

그에겐 고향과 가족을 찾는 일은 중요하지 않은 것 같았다 그는 어디서 왔으며 어디로 가야 할지 알고 있었던 것이다 그러나 반복된 어눌한 말투로 자꾸만 길을 잃었다 한다 도시에 뿌려진 안개 속에서 하루에도 자기 앞을 지나는 수많은 사람들 속에서의 길을 그리고 실연의 하루가 일 년처럼 속절없이 지나는 밤거리 위에서와 길 고양이의 귀에 익은 울음소리에서 그는 오래 전 잃어버린 길을 찾고 있다고 하였다

5

그리곤 그는 알 수 없는 말만 되풀이한다 저 안개의 질량은 따로 있다고 하면서 외부에서 모이는 어떤 힘이 질량의 점에 작용한다면서 저 질량 속에 모이는 점을 따라가면 이 안개는 걷히게 될 거라면서 내가 그를 위해 할 수 있는 일이란, 인파 속으로 사라져가는 그의 뒷모습이 검은 점처럼 작아질 때까지 물끄러미 바라보는 것이었다

그림자

깨어진 유리 창문 조각 사이로 봄볕이 들어옵니다 아직 한낮인데도 당신은 일어나질 않습니다 아내는 새벽밥을 홀로 지어먹고 하루 일을 나갔습니다 아내가 돌아올 때까지 나는 당신과 함께 지내야 합니다 담장 아래에선 산동네에 사는 아이들이 모여 소꿉놀이를 하는 소리가 들립니다 시끄럽지만 쫓아내는 걸 당신께서 좋아하지 않아 그래서 놀이가 끝날 때까지 그대로 두기로 했습니다

이 방안에서의 하루는, 산 아래 동네의 천 날과 같아 배가 고플 때는 아내가 차려놓은 풍성한 만찬을 당신과 함께 배불리 먹습니다 배가 부른 채, 당신과 함께 잠이 들면 산 아래 동네에서의 작은 소리까지 들리게 됩니다 오늘노 사람들은 산을 떠도는 영혼을 부르는 예식을 행합니다 이유는 잘 알 순 없지만, 육신으로 살다 헤어져 그리운 자들이 너무나 많아서 저럴지도 모른다고 창문 밖에서 잠시 쉬다 날아간 산새가 말해주었습니다

사람들이 참 바보 같다는 생각을 하게 됩니다 이렇게 볕이 잘 드는 방안에서 아내를 기다리면서 당신과 함께 있으면 되는 걸 사람들은 그것을 잘 모르는 것 같았습니다

밀회

간통제가 폐지되었다는 저녁뉴스를 듣고
대한민국 민주공화국에 세워진 삼류 여인숙의
빈방까지 손님을 받으려 누런 이빨을 보이며
침을 연실 흘려대던 주인 여자의 웃음소리는
지금도 잘 잊혀지지 않는다

오래 전부터 잘 알고 지내던
이웃집 쪽 방엔
낯선 이가 들어와 살기 시작하였다
누구일까
그 친구의 친구일까
아니면 애인일까
스스로 의문에도 시간 속에 관심은 사라지고
이내 아무렇지도 않게 묻어버렸다

이 불륜의 나라에서 대낮에도 얼굴을 들고
시내를 걸어 다니는 것이 부끄러울 정도로
블록마다 세워진 파티 장은 연애도 모르는
그저 말도 안 되는 글이나 끼적거리다 생을 마감할
숙맥들은 정상이 아닌 나라로 만들어버렸다

한동안 미친 듯이 거리를 걷다
어느 전자제품 대리점의 텔레비전 뉴스가 귀에 들려왔다
수백 년을 고고하게 이 나라를 지켜왔던
전국 70퍼센트의 소나무가 지금 재선충 균에 감염되어
힘없이 말라 베어져 불태워지고 있습니다라고 말이다

강아지와 나

한겨울 오랜만에 하늘이 열리고 볕이 잘 드는 양지에 앉아 있는데, 옆집 강아지가 자꾸 쳐다보는 모습이 꼭 웃는 얼굴이다

짐승이 웃었다는 말은 만화에서나 나올 이야기인데, 웃음은 사람의 고유영역 아닌가 짐승이 고통에 겨워 비명에 가까운 소리를 낸다는 것은 아는데 저렇게 웃는 모습을 하다니, 사람의 철학을 뛰어넘고 있는 것인지 나를 둘러싼 모든 것들이 힘들어서 순간의 착시였는지, 사람은 조물주를 닮았다 하는데 사람이 웃는 건 기뻐서 웃는 것이 아니라 고통이 가장 극심해서 쉼을 바라는 욕구에서 나온 것이라는 어느 순례자의 말이 떠오르는 것은 어떤 이유에서인가 하는 짓이 괘씸해서 강아지의 머리를 때리니 이번에는 꼬리까지 흔들어준다

아무리 짐승이라지만 하는 짓이 사람보다 나으니, 지붕 위에 쌓인 저 하얀 눈의 무게만큼 마음이 짓눌려질 때 마음으론 울어도 표정은 꼭 너처럼 웃고 있을 것이다 세상의 짐승들에겐 꼬리까지 흔들어주면서 말이다

할머니와 봄

저것들 보소
춘풍이 저 앞산에 걸터앉아
젊은 것들 마음을
뒤집어놓는 것 좀 보소
산에 붉은 꽃이 떨어지려면
아직도 멀었는데

저것들 보소
둘이 그렇게 좋은가
저,
꽉 껴안아
떨어질 줄 모르는

해가 져도
집에 갈 줄 모르는

저것들 좀 보소

대봉감

산 넘어 장터 마을엔 가을걷이가 시작될 무렵
장터 입구 해장국 집에는 총각대봉들이 땀에 절어
마지막 숨을 고르며 축 늘어져 있다
붉은색 어른 주먹만한 대봉감에
그동안 입질만 하던 감나무 아래에선
한입에 금방이면 단맛이 터질 것같이
알맞게 물들은 수줍은 고것들이
지나는 장터 상인들의 입맛을 잡아 끌어오는데
새악시는 못 얻을망정 지나는 그 뒷맛에
모두 짐 보따리 풀어 놓고 가을잔치를 벌인다
한 개를 입 하나 가득 베어 물었다
툭 터지는 감물에 흥건히 적셔가는
겨울맞이 솜옷들이
여기저기 바람에 흔들리며 춤을 춘다
떫은 껍질 속에 숨어 있는 뒷맛은
점점 퍼져 나오는 물오른 처녀의 맛
사흗날, 길을 걸어 산 길 위에 퍼진 감꽃 잎에
늦가을 하늘 아래
솔솔 풀어져 나오는 향내 나는 어마 씨의 손때가
마을 사람들의 흐트러진 기개를 바로 잡는다

가지마다 뻗어 올린 잘 익은 나무 속이다
10월이 넘어가는 산촌에는 산짐승 집짐승
모두 다 할 것 없이 배터진 가을이 찾아 들었다

청서青鼠의 변辯

　억울한 심정을 말로 하자면 이 땅에 터 잡고 정성을 들여 살
아온 세월이라도 알아 줄려는지, 털가죽의 색깔은 달라도 혈통
은 본디 하나인데, 보는 이마다 먼 이국땅에서 건너와 단일민족,
순수혈통에도 들지 않는다며 비웃는다 추운 겨울 눈발에도 기
죽지 않고 꼿꼿이 목숨 하나 건사하며 살아온 엄연한 이 터에
주인인 것을, 등줄에 그어진 경계가 불분명하다 해서 같은 핏줄
에도 끼워주지도 않는다

　산사람들에게 잣나무, 상수리나무를 흔들어주며 날품에 보탬
이라도 주며 대가 없는 노동에 바쁘게 살았는데, 겨울잠을 뒤로
물리고 귀여움을 독차지한 다람쥐를 부러운 듯 보면서 어디에서
이 설움을 풀어야 하는지, 백의민족이 밟고 지나는 길마다 털가
죽 위로 손독이 타 오르고 저리도 분별이 없는 사람들 앞에서
억울한 심정을 풀어 놓아도 나는 말 하나 못하는 청서요

　이거라도 알아 줄려는지

　사람들 가까이서 쌀 도적질이나 하며 사는 새앙쥐 축에도 끼
지도 못하고, 가죽이 벗겨져 어느 젊은 부인의 하얀 목줄기를 그
제야 만져보고, 꼬리털이 죄다 뽑혀 묵객의 손끝에서 변질된 피

를 묻혀 뚝뚝 떨어뜨려보고 나서야, 시커먼 연기를 토해내는 굴뚝을 부지런히 기어올라야 사는, 입은 있어도 말을 못하는 슬픈 짐승이요, 수만리 바다 건너 낯선 땅에서 푸른빛으로 살다, 맺힌 것 다 풀고 갈 이방인이라는 것을

*청서: 청설모

동복댐*

저 깊은 강물 속에 묻어둔 내 집이 있다
여름을 지나면서 그 강가에 다시 나와
앉아 있으면 수면 위로 떠오르는
이웃집 강아지의 짖는 소리와
골목길 돌담 아래서
말 타기, 제기차기를 하며
즐겁게 함성을 부르며 놀던 친구들

이렇게 무심할 수 있을까
강물을 막아
마을을 큰 봉분으로 만든 저 자리에는
도굴꾼이 휩쓸고 지나간 것처럼
바닥을 쓸 물바람이 불어온다

사랑하는 이와 한평생을 마주하며
작은 텃밭이라도 만들고
씨를 뿌리고
해질녘 뒷산에 올라
정답게 얘기를 하며
수박이며 참외며

마음껏 먹고
배부르게 잤던 기억도 빼앗겼으니
이 원통한 마음을 어디에서나 풀까
물에 풀어 흩어진 저 씨앗들은
또 어떻게 할까

*전남 화순에 위치한 수몰지역 댐이다.

금강보 2

1

수령 백 년도 채우지 못한 마을 입구에 그 버드나무
땅까지 늘어뜨린 가지들 바람에 흔들리지 않는다
잎을 내어보지 않는 것들의 입맛은
마을 사람들 눈에서,
지난여름 가물었던 우물의 흔적을 보게 하였다
구제역으로 매몰된 짐승들의 울음이 쌓인 무덤 위로
잡풀들이 흔들리며 피어오를 때
나뭇가지는 마을 사람들의 얼굴을 닮아가고 있었다

2

그 해 강을 건너고 산을 넘었던 아이들 모습은
추석이 되었어도 집으로 돌아오지 않았고
전답을 팔아
아이 얼굴이 담긴 전단을 만든 부부의 모습도
겨울이 되어서야 그 얼굴을 겨우 마주할 수 있었다
그때 나무가 그렇게 슬퍼 보인 것은 처음이었다
기억을 잃어가는 나뭇가지에 사람들이 산다
마을 문이 닫히고
수령 백 년을 채우지 못한 나무엔

사월 중순을 이제 막 넘기려는
둥그런 보름달만 가지에 붙어 흔들며
가쁘게 그 밤을 지나고 있었다

3
어렸을 적 반들거리는
피부를 가졌던 아이들은
이제는 갈라지고 굳은살이 붙은
노인들이 되어 가고
강을 건너보지도 못하는
굳은 콘크리트 다리와
메마른 채 흔들리는 나뭇가지와
오래된 마을의 기념물이 되어 버린
낡고 긴 철로만이 노인의 눈동자 속에서
나무의 뿌리처럼 자라기 시작하였다

벗나무에 드는 생각

항상 봄이 되면
마당 한구석의 벗나무를 보면서
드는 생각이 있습니다

마른 껍질을 벗고
연분홍 빛깔의 꽃잎을
조심스럽게 세상 밖으로
내보내는 고운 자태는
작년에 스스로의 몸을
시들게 하면서
그토록 뜨거웠던 그 해 여름을
이겨내기 위해 피웠던
초록빛 바로 그 꽃잎이었는지
말입니다

담장 너머로 불어오는
바람결에 말해줄 수 있습니까
내 눈에 지금 보이는 그 꽃잎이
바로 어제 당신과 함께 보았던
그 꽃잎이었는지

나는 지금도
봄이 찾아온 이 마당에 서서
담장 너머로 당신이
오시는지를 기다리고 있습니다
만일 당신을 닮은 연분홍 꽃들이
작년 내 곁을 떠날 즈음
피웠던 그 가녀린 꽃이라면
나에게도 소망이란 것을 한번
꿈꿔볼 수 있을까요
해는 바뀌어도
나무는 자라듯이 말입니다

인연因緣

　어느 연줄을 끊고 날아간 연鳶이 집 앞 버드나무 위에 걸려 있었지요

　누구도 연을 찾으러 오질 않는 틈을 타 몰래 밤에 나무에 올라 연을 내려서 집으로 왔습니다 어린아이처럼 기뻐하며 유년의 기억을 떠 올리며 연을 품에 안은 채 잠이 들었습니다 몽환夢幻 속 아이는 얼굴을 가린 채 잃어버린 연을 찾아 내게로 왔습니다 연을 돌려 달라는 아이의 내민 손을 뿌리쳤습니다 끊어진 연줄이 아직도 연의 꽁무니에 달려 버드나무 가지처럼 흔들렸습니다 그 연줄에는 줄을 끊었던 아이의 어금니의 흔적이 남아 있었지요 그 흔적은 도망가는 나를 끝까지 따라왔습니다 뒤를 보자 아이의 모습은 더 이상 보이질 않았습니다

　잠에서 깨어나자 나의 몸은 흔들리는 나뭇가지 위에 걸려 있었고, 어느새 나는 밤하늘에 떠 있는 구름과 가지에 걸려 있는 둥그런 달과 둥지를 잃고 가지에 깃든 작은 새와 하나가 되어 있었습니다

나비를 쫓는 고양이

집안 구석구석을 돌아다니며
흙벽이며 이불이며
정지의 음식들은 죄다 갉아먹던
생쥐 한 마리가 결국
고양이에 붙들려
한 끼 아침식사 되어 주더니
이제는 저 배부른 고양이
한낮 햇볕이 잘 드는 꽃밭에서
잡히지도 않을 나비만 쫓아다니는구나

제4부 살아남은 자의 고뇌

만추晩秋

해가 저가는 거리의 가게 스피커에서 왈츠 음악이 나오자, 가던 길을 멈추고 춤을 추는 사람들을 보았어요

날아가는 비둘기들도 내려와 춤추는 이들을 위해 만찬을 준비하고, 포플러 가로수들은 하나씩 옷을 벗어 붉은 양탄자를 만들어줍니다 지금 제가 꿈을 꾸고 있습니까

생각해보면, 우리는 얼마나 이 거리에서 무수한 시간들을 수집해 왔는지요 구리 빛 가로등의 굽어진 허리 위에 걸린 석양을 보십시오 그리고 빌딩 벽을 타고 기어가는 저 음악소리를 들어보십시오 지금 우리는 꿈을 꾸고 있습니까

자동차들은 제자리에서 무도회의 절정을 알리는 경적소리를 들려주며 가게의 아저씨는 찢어진 달력 한 장에 붉게 색칠한 10월의 마지막 날짜를 보여주며 춤을 추고 시계는 오후 6시가 되었음을 말해주네요 당신은 꿈을 꾸고 있습니까

강아지도 길 고양이들도 모두 예쁜 옷으로 갈아입고 함께 춤을 춥니다 나의 몸은 이미 저들 가운데에는 없지만, 이미 음악이 되어 스피커 속에서 흘러나오고 있음을,

당신은 지금 보고 계십니까

해녀이야기

어쩌면 사람은 오래 전에 해녀였는지도 모른다 그 몇 가지 증거로는

파도의 하얀 포말에서 뭍에서 살다 바다로 간 고래의 거친 숨소리를 들을 수 있는 것과, 사람은 죽어 흙이 되고 먼지가 되어 물에 씻겨 바다로 흘러내려간다는 사실을 누구나 안다는 점과, 이 땅에서 살아가는 사람들이 팔다리를 흐느적거리며 걷고 뛰는 모습이 물속을 유영하는 물고기를 닮아 있다는 것과, 엄마의 뱃속에서 이제 막 태어난 갓난아기의 울음소리가 깊은 물속에서 물질을 하다 참았던 숨을 쉬러 수면 위로 올라와 휘파람처럼 소리를 내는 해녀의 숨비소리를 닮아 있다는 것이다

그래서인지 저 푸른 바다에서 살아가는 해녀들을 보면 왜 이렇게 눈물이 나는 것인지

민들레

꽃잎부터 뿌리까지
아낌없이 주고도
그 자리에서
해가 바뀌어도
다시 서려는
너야말로
꽃 중의 꽃이구나

살아남은 자의 고뇌

1

그를 본 것은 가을이 끝나고 겨울 문턱에 들어서는 어느 늦은 밤이었다 흐리고 쌀쌀한 날씨에 유행이 지난 낡은 외투를 꺼내 입고 걷고 있는 그의 뒷모습은 조금은 수척하고 피곤한 모습이 었지만, 어떤 시선에도 상관없듯이 담배를 피우면서 마지막 버스를 놓치지 않으려고 발길을 재촉하고 있었다

2

학생들은 기억이나 할까 저 신사에 대해서 오래 전 강단에서 학교의 불법에 대해 반기를 들고 강제로 강단을 떠난 저 교수는 이젠 백발의 노老 교수가 되어 가고 있었다 지금은 그가 어디에서 무엇을 하는지 알 순 없었지만 강단에서 학생들을 바라보던 그의 눈매와 말을 지금도 잊을 수 없어 멀리서도 그였는지 알아볼 수 있었다 그는 학생들에게 여보게, 대학은 그런 곳이 아니네 살아남은 자로 살려고 다니나 그러려면 간판대를 가지고 거리로 나가게 하던 말이 대자보에 붙여질 정도로 인기였다

3

한동안 그 교수의 말을 잊고 살았던 것은 살아남은 자들의 도시가 패잔병을 위한 수용소였음을, 내 가을날의 낙엽처럼 이리

저리 구르는 양심이 아침햇살을 두려워하는 동굴 속에 숨은 박
쥐에 지나지 않음을, 그리고 스스로 살아남은 자로 살기 원하였
는지도 모른다 살아남기를 스스로 거부하면서 말이다

4

보라, 저 떨어져 묻혀지는 종말의 잎줄기들아, 겨울의 칼바람
을 맞아 찢어지는 껍질들아, 지하로 내려가 내려가 싸구려 지식
을 파는 가판대들아, 끝까지 살아남아 지나간 청춘을 후회하고
슬퍼하며 토한 찌꺼기들을 가려내고 게워먹는 가련한 거리의 비
둘기들아, 끝까지 악착같이 살아남아라 살아남아서 살아남아서
네가 살아있음을 살아남아야 할 자들로 후회하게 하라 거리엔
부고의 쪽지들을 흩날리게 하고 안녕히 잘 있거라 잎이 떨어진
나뭇가지들마다 노란 리본을 달아놓으시게, 우리 주머니를 털어
헐값에 도시를 사고 거리의 블록마다 발정의 추억을 묻힌 살아
남은 자의 추악함은 어디에 있나

5

멀리서 바라보는 막차를 기다리는 교수의 굽어진 어깨 위로
비가 섞인 첫 눈은 내리자마자 곧 낡은 외투를 따라 흘러내리고
있었다

환절換節

겨울의 끝에서 두 손을 뻗어 바람을 잡으려는 아이들과 봄의 끝에서 지는 꽃잎을 잡으려는 노인들과 아직 쓸려 내려가지 않은 마른 낙엽 위에서 여름의 끝에 서 있는 사람들과 무성한 잎 속에 기생하는 풀벌레들에게 편지를 쓰려는 여자를 보았습니다

떨어지는 꽃잎들은 바람에 잡혀 이내 말라가고 계절을 잊어버린 자들의 의식 속에 살아가는 기생충들로 무참히 밟히고 밟히고 또 밟히는 이 가을의 끝에서는 그 소식을 받을 사람들이 보이질 않았습니다 여자가 애타게 찾았고 눈이 시리도록 눈이 아파오도록 보고 싶었던 만화경萬華鏡도 더 이상 없었지요

오지 않을 아이들과 노인들 그리고 낯선 사람들과 풀벌레는 소식이 적혀 있는 마른 잎들을 잘게 씹어 먹으며, 겨울과 봄과 여름의 끝은 이 가을의 끝에서 조용한 종말을 맞이하고 있습니다 다시 돌아오시길 돌아와 다시 쓰여진 편지 한 장 받아보시길 답장이 필요치 않은 여자는 그 자리에서 계속해서 편지를 쓰고 다시 또 지우고 있었습니다

굽은 길

숲에서 굽은 나뭇가지를 보네 가지가 가리키는 방향으로 걸어가 눈에 보이지 않는 세상으로 통하는 숨겨진 길을 찾으리

굽혀 있는 모든 것은 아름답기만 하오 허리 굽혀 흐르는 강물을 보오 고향을 찾아 먼 하늘을 날아가는 철새 떼와 굽은 계곡과 산길을 말이오

등이 굽은 밤하늘의 달과 그 옆에 촘촘히 박힌 별들을 보면,

그리운 어머니,

어머니,

세상의 모든 굽혀 있는 것은 참으로 아름답기만 하오

*북아메리카 원주민들의 전설. 굽어진 큰 나뭇가지가 가리키는 곳에 보이지 않는 길이 있다고 믿는다.

평사리*

저 모로 누워 천아를 맞이하는 수줍음 보오면 동네 아해들,
이 겨울이 춥지만은 않을 것 같으이 그 굴에는 가보았는가 어
무이 아부지 할매와 누가 함께 몽돌로 환한 불 밝히고 동백기름
으로 전을 붙여 먹던 곳, 밤 달이 유난히 아름다워 파도도 모래
성을 짓고 가고 삼천년 괴인 돌이 들려주는 겁나게 호숩은 이야
기가 있는 곳 말이여

천아天娥: 고니, 철새
아해兒孩: 아이들
괴인돌: 고인돌
겁나게: 굉장히, 아주, 전라도 방언
호숩은: 재미있는, 전라도 방언

*전남 여수 돌산읍의 평사리다.

118

평사리 고양이

새벽녘
마실 나온
평사리平沙里 고양이,
장독대 고인 물 위에 뜬
둥그런 달의 면을
살며시 핥더니

어느새 산허리에서
살포시 뜨는 해

옹기종기 모여 있는
산마을을 품에 안고
금빛 모래 위에
새겨진
수천 년의 이야기

해류

눈이 녹아 있는 강둑에 앉아 흐르지 않고 고여 있는 강물을
보았다

샛강에 따듯한 물 흐르면 다시 찾아오겠다던 은빛 연어 떼는
저 강 끝에서 파도와 함께 폐렴을 앓고 있었다 수면 위로 부는
바람은 물 속 깊은 곳까지 내려가는데, 계절이 바뀌어도 변하지
않는 건 이곳에서 살아가는 사람들이었다

도시는 안개의 압력을 새벽부터 받고 있었다

빌딩의 벽을 타고 시작도 그 끝도 알 수 없는 바람이 불었고,
사람들은 지하 9와 3/4 플랫폼*에서 첫 기차를 기다리고 있었다
저 선로의 끝에선 또 어떤 계절이 기다리고 있는지, 쓸려 내려가
는 무수한 인파 속에선 무리를 지어 하늘을 나는 가벼운 심리들
뿐, 어느 빌딩에서 뿌려져 날아온 구인광고 전단 한 장이 발 밑
고인 물 위에 떨어져 물과 함께 젖어가고 있었다

*9와 3/4 플랫폼: 영화 해리포터 런던 킹스크로스 역 이름에서 인용함.

처소 안의 각角에 대하여

두 눈을 부릅뜨고 앞만 보는 이들의 예리한 각을 보면 면 위의 180도 둔각鈍角의 영역이 그들이 생각하는 처소의 전부다

거기에 더해지는 무수한 시간과 사건들의 양분을 섭취하고 있는 잉여인간*들이 씨실과 날실을 직기에 짜듯 직물의 밀도를 계산하며 처소의 분비물이 묻은 흔적과 기억을 쫓아간다 어느 수학자의 단순가설單純假設에 의하면 그들의 처소는 두 직선이 만나는 사방 90도의 직각만을 고집하는 자들이며 그 안에서 폐쇄공포증을 앓는 환자들이 종족번식을 위한 짝짓기에 집착을 한다

어느 심리학자의 복합가설複合假說에 의하면 예각과 직각과 둔각을 넘나들며 언어가 주는 모든 허상의 기억까지 동원하여 결국 처소에서 먹이연쇄의 최고층까지 오르려는 자일 것이다 그들의 심리는 복잡하여 거의 동물적인 본능을 가졌거나 아니면 극으로 달려 미친 자가 되어 있을 법도 하는 저 무서운 처소의 각도 안에 존재하는 것들은 사랑도 소유도 직물을 짜듯이 만들어져 있고 스스로 닳아져 없어지기도 하지 않는가

아, 저 무수한 각의 향연들이여

*잉여인간: 손창섭의 단편소설

동물농장*

젊은 시절 유언과 같았던 혁명의 동지들은 모두 어디로 갔나 매일 정오가 되면 동해물과 백두산이 마르고 닳도록 길에서 애국을 불태우며 함께 자랐던 동네 아이들은 지금 어디서 무얼 하는지 화려한 시절은 지나가는데, 그를 본 곳은 여름 장맛비가 내리는 골목길이었다 굽은 허리와 깡마른 체격에 대학 학생회 시절 당당히 개혁을 말했던 그때 모습은 찾을 수 없었다

누구나 평등했던 유년시절 계급을 몰랐던 천진난만한 기억들을 축적된 시간들이 모두 지워놓았고 계획된 사회에서 금기시된 어둠과의 밀거래는 그를 더 왜소하고 편집적이며 신경쇠약적인 몰골로 세상의 지배층에 들어가지 못한 설움들을 밤이 늦은 시각까지 내리는 빗줄기 속에서 풀고 있었다 곧 있으면 동이 트고 다시 억압받는 죄수처럼 평등치 못한 세상과 변절자들을 한탄하면서 일터로 갈 것이다 그의 양복주머니 속엔, 볼펜의 얼룩자국과 함께 언제 떠날지 모를 세상에서 가족을 위한 유언장이 반으로 접힌 채 항상 들어 있었다

*동물농장: 조지오웰의 소설

유언

내 살아온 모든 나날이 나의 유언이었다
그러니 이 세상 작별할 때
아무것도 남기질 않을 것이요
다만 누군가 내 시를 읽어줄 마음 착한 이 있다면
그가 나의 유언장이 되어 줄 것이다

썩지 아니할 저 정신에 새겨진 글을 보라
한겨울에 거리 위에 쌓인 눈을 보라
모든 더러운 것들이 지워질 그날이
언제인 줄도 모르는
한 여름날 한바탕의 발작이 아니겠는가

응어리 한恨

꽃들도 제 팔을 접어 고개를 숙이는 밤
어머니는 호롱불 아래에서
밤을 새워 가면서
자식들 머리맡에서
무엇인가를 하나씩 풀어보려 하셨다
산다는 것이
하나둘씩 얽힌 실타래가 풀어져
한 바퀴를 돌아
제자리를 찾아가는 것처럼
꼬인 그곳에 조심스럽게
마지막 침샘을 자극하셔서
기어코 실을 풀어 다시 감으셨다
늦은 밤 토방土房에서
물레를 돌리는 어머니는
그대로
새하얀 꽃이 되셨다

어느 부음訃音

　너의 왼손으로 굽어져 넘어가는 산등을 오른손으론 저 철조망을 피가 솟구쳐 흐를 때까지 잡고 북쪽을 향해 나의 부음을 알리시게. 이름을 부르다 메아리 속에 나의 체취가 묻어오는 날, 꽃들로 가득한 들녘은 팔랑거리는 나비의 몸짓으로 환하게 살아나겠지

　소리가 들리지 않는가 산천을 떠돌며 마지막 흔적이라도 남기려는지 산속을 날다 허기져 탈진한 산비둘기와, 어느 화전민 동네의 아낙이 봄을 앞두고 가출한 이야기와, 학년을 마치지 못하고 그날 저녁 서울행 버스에 몸을 실은 어느 국민학생과, 그 해 봄 산골 마을의 집 강아지들이 낯선 이의 방문에 한 마리씩 없어졌다는 이야기, 1.4후퇴 때 남으로 피란한 어느 노인의 기와집 대문에는 상중喪中이라는 등이 켜져 있었고, 하루 외박을 나온 이등병사는 부대로 돌아가지 않았고, 그날 밤 철조망을 넘어 북쪽으로 날아간 산새가 돌아오지 않았다는 소리를 말일세
　알고 보면 살아왔던 삶 전체가 부음이지 않겠는가

백사마을

이곳에 가본 적이 있는가 그 이름을 들어본 적도 있었는가

포장되지 않았던 그 거리의 시절이 있었네 쓰다만 원고지를 구겨 화장실 변기통에 쳐 박아 놓고 방안으로 들어와 이불을 뒤집어쓰고 울었던 인생의 절반 즈음의 어느 시인의 짓밟힌 순정과, 시골집을 가출해 서울로 와 자전거로 집집마다 새벽 우유를 배달하다 사거리에서 마주 오던 출근 버스와 부딪혀 반신불수가 된 어느 청년의 사연이나, 눈이 내리지 않았던 그 겨울의 추악한 소문들이 겨우내 얼지 않았던 골목길 담벼락에 묻어 길 고양이들을 불러 모았던 그런 마을을 떠나려고, 곗돈을 타던 날에는 집집마다 한바탕 발정이 일어난 적이 있었던 이야기가 전설처럼 내려오는 곳, 꿈을 꾼 자들이 모두 사라지고 없는 이 포장된 거리의 담벼락에서 영혼을 저당 잡혀 풍경사진을 찍고 있는 당신은 어디에서 온 누구신지요

*백사마을: 서울에 위치한 마지막 달동네

고사목 枯死木

한낮 탁주를 마시면서 나무그늘 아래 앉아 살아온 만큼 언어
의 껍질을 벗겨가면서 두 노인이 말을 나눈다
　여보게, 이제는 그만 나를 이해해주겠나

　무슨 두꺼운 원통함에 둘러싸였는지 노인들의 대화는 어느 죽
은 나무의 표피가 벗겨져 화전민의 지붕 위로 올라가 그 삶이 이
어지는 굴피집을 생각나게 하는 것은 어떤 이유인지, 산에서 길
을 잃은 산양의 도피성을 그리워하면서 기억을 잃어가는 그들의
검게 갈라진 피부는 남은 생을 그대로 닮아 있었다

　보소서, 이 거리는 떠돌이를 기다려주지 않는다는 것을 알고
있는지,
　오히려 잔잔히 부는 바람에 뼛속 깊이 저며 드는 통풍에 말라
가는 것 아니겠는가

　노인의 그늘이 되어 주는 나무는 여전히 그들의 허무한 대화
에도 묵언수양 중이었다

*도피성: 성서에서 나오는 지명, 범죄자들의 피난처

설날 아침

먼 하늘을 여행하는 철새는 둥지를 따로 만들지 않는다 거기에 가기까지 한곳에 머무르지 않는다 대학 입학등록금을 벌기 위해 도시로 간 누의 긴 여행도 그들을 닮아 있었다 아침마다 일찍 일어나 싸리문의 눈을 치워보지만 오늘도 누는 오질 않았다 마당 한구석에 눈에 묻힌 다섯 개의 공깃돌은 누가 넘어간 집 앞 눈 덮인 다섯 개의 산 능선을 닮아 있었다 그 너머로 멀리 보이는 폐허의 나라로 날아가는 새들, 저들 가운데 있을까 산을 기억하는 자 산에서 죽으리니, 사람이 없는 왕국에도 둥지를 틀지 않을 것이니, 밤이 깊어가도 누는 오질 않고, 싸리문 위에는 차가운 눈만이 다시 쌓여 가는데

제5부 회전목마

여배우는 죽어야 한다*

그녀를 본 건 어느 동시상영으로 밀려난 삼류영화관의 맨앞 좌석이었다 화려했던 시절에 대한 간절한 믿음인가, 필름이 끊겨진 관객의 기억들 모든 것이 그녀에겐 무거운 짐이었다

세상 속에서 잊혀 컴컴한 스크린 속으로 사라진 어느 여배우에 대한 지난여름의 처절했던 소식과 간절했던 인생 목적마저도 처음부터 하자가 있었던 관객의 선택이었지 않았는가

닭장에서 알을 기다리는 암탉처럼, 둥지 안에서 초목 속 풀벌레를 기다리는 어미 새를 잃은 갓 태어난 새끼들처럼, 극장의 불이 꺼지고 연기의 결점을 찾아내려는 관객의 눈동자에 불이 들어오자, 스크린 밖 늙은 여류배우는 스크린 안에서의 환생을 준비한다 다시 불이 꺼지고 극장의 문은 닫힌다

*여배우는 죽어야 한다: 엘리자베스 챈들러의 책 제목

징검다리에 대한 추억

마을 앞 개울가에서 흐르는 물을 건너질 못하고 서성이던 사람들을 보았네 그곳에서 경계의 굳은 뼈를 보네, 그 뼈 속엔 진창을 건너고 싶은 징검다리의 기억이 있었고, 어느 선사의 지팡이에 핀 은행나무 잎이 살아왔던 사람들의 숫자와 마을을 덮을 만큼 무성해질 때, 무너진 개천에 새로 세워질 다리를 위해 그 뼈가 조각 목으로 다시 태어나던 해는 결국 장맛비도 불순하게 지나쳐 갔었지

사람들은 다리를 건너 마을로 돌아오질 않았고, 그들을 기다리는 자들의 두려움과 경계의 눈빛은 하늘을 향하여 오르지 못할 다리에 대한 염원으로 자라났고, 언제부턴가 마을은 아이들부터 젊은이들이 모두 빠져 나간 후 뼈를 잃어가는 노인들로 채워지기 시작하였네 어려서 그 징검다리에 대한 추억은 다 자란 지금에 와서도 이 생을 건너지 못한 사람들을 이 거리에서 또 보게 하네

산에 오르면서

내 가녀린 육신을 숲으로 인도하시는 이 누구신가 왕의 개선 행렬처럼 숲으로 이어지는 길옆엔 초록으로 옷 입은 친위대들이 손을 흔들어 환영을 하는구나 숲으로 오르는 길이 이렇게 힘든 이유는 영광의 면류관을 향한 고뇌와 수고 때문 아니겠는가 이 곳에 거저 왔다 사라질 이 없으리니, 숲에 오르는 이여 왕의 행진처럼 지상에서 외로운 그대를 따뜻하게 맞이할 유일한 벗이 바로 이 숲이라는 것을 하얀 손수건을 흔들면서 오시게나, 지상의 때가 묻은 땀들을 닦아가며 가뿐히 가시게나, 아름다운 궁전에서의 화려한 날들이여

간이역에서

　시들어가는 들국화 꽃에 날개를 접은 채 앉아 있는 나비를 본다 해를 가린 구름에 고개 숙인 해바라기를 본다 은행나무의 경계 밖에서 열매를 기다리는 사람들을 본다 간이 기차역에는 내릴 사람이 없어 기관사는 빈 선로 위를 바라보다 기적을 울리기 시작하며 떠나려 한다 그곳에서 집을 잃은 아이 하나를 만났다 아이는 나에게 오래된 집을 가르쳐주었고 눈을 감고 아이의 손을 잡자, 몸에 닿은 나비의 나풀거리는 날개의 경쾌한 촉감과 해를 보지 못하는 해바라기의 마음이 보였다 한곳에 머무르지 못해 떠나려 하는 사람들의 고함소리가 들리지 않는가 산을 넘지 못해 결국 산의 허리를 끊을 수밖에 없었다며 씩씩거리며 분노하며 달려오는 모습에 아이 하나를 내주었다 나비와 해바라기와 열매를 쏙 빼 닮은 그런 아이 하나 보내주었다 그런 아이를 닮아 있는 간이역은 눈부시게 아름다웠다

입관

흙과 함께 하지 않는 나무를 본 적이 있는가 살면서 갈증을 느껴본 적이 없는 생물이 있었는가 아버지의 이름을 불러본다 어머니의 이름을 불러본다 한 번도 말라본 적이 없는 이름을 가슴 위에 새겨본다 동트는 새벽엔 먼지가 되어 다시 살날을 기다릴 것이니, 지금은 이름을 불러도 그때는 나무가 되어 있으리니, 흙이 되어 있으리니, 내 이름 한 자 적힌 책 한 권을 지상에 뿌려주게나 먼 훗날 흙이 다시 나무가 되었다고, 불러도 싫증이 나지 않는 이름 하나 나무가 입은 수의 위에 적어 세상으로부터 이장하는 날, 썩지 아니할 이름 하나, 사람들 마음속에 깊이 깊이 새겨주시게

탈각脫殼

무엇을 버렸는지, 껍데기가 이렇게 아름다운가 산과 바다의 껍질들을 그려놓은 화가의 화폭과 그 속에 꼬리를 흔들며 개울까지 올라와 노는 모래무지와 촌아이들의 웃음소리, 시골 초가집 지붕 위에 뜨는 밤 달을, 아내는 정지에서 밥을 짓고, 사랑을 하고, 어느 무명의 시인은 그 위에 시를 수놓는구나 태어나서 살고 지는 꽃밭의 나비와 고양이들, 밤이 지나 청산도 앞바다에 뜨는 해를 보오면, 활활 타오르는 열정은 껍데기가 없으면 화톳불의 재와 같이 흩어질 것을, 아름다운 껍질을 보면 그 안이 얼마나 고요하며 순백함을 담아놓았는지, 무엇을 버렸는지, 껍데기가 저리도 아름다운가

*청산도: 전남 완도에 있는 읍 소재지, 섬

136

4월 중순 즈음에

봄 끝이 아직 저 앞인데 땅에 떨어진 꽃잎들의 자리엔 벌써 초
록빛이 들어와 자리를 잡는다

그들을 대신 내어 보낸 나뭇가지의 심정은 뚝뚝 떨어져 누렇
게 썩어가는 육체 앞에서 당신의 신발을 벗는 것, 제단 앞 거짓
선지자들의 화려한 복장과 그 위에 바쳐진 채 줄어만 가는 처소
의 밀도들, 결국엔 타고 남은 재와 향이 모두 빠져나가고, 그곳엔
사람이 찾아 들지 않는다 여름의 시작 앞에서 갈잎으로 변해 가
는 자리에 들어선 녹색의 사제들을 보라 한 시절을 참으며 기도
드려야 할 가지의 잔해들뿐이다 모든 종말에는 반드시 그 징조
가 있는 법이다

철인경기

두 다리가 작은 더듬이가 되어 가고 땅을 후비며 지저地底에서 느껴지는 작은 진동 속에서도 외계의 소리를 가려낸다 잠에서 깨어난 정신을 먼 옛날 땅속으로 숨겨진 지각들을 하나씩 들어 올린다 유년시절 열병을 앓아 촘촘히 박힌 곰보처럼 식어버린 내 살갗의 흔적들, 기억은 깊이 숨겨진 낯선 유물들을 밖으로 쏟아내고 두 다리의 직립인간이 땅을 흔들며 살고 있다 사람들마다 분화구 속에서 헌 것을 녹이고 새 것을 만들어낸다 펄펄 끓어오르는 불덩이 속에서 철인으로 담금질이 되고 아이는 어머니 품속에서 기억을 좇아가며 철인으로 모습이 바뀌어 간다 강철 같은 심장을 가진 사람, 어렸을 적 품에 안은 자식을 보면서 어머니가 그토록 바라셨던 철인처럼 살다 철인처럼 가라 한다 자고 깨어나면 올라야 할 돌계단들 작은 진동에도 흔들리며 사는 것을 꿈에서 보았던 그 사다리를 다시 펴 내 삶 자리에 가만히 올려놓는다

블록 맞추기

아이의 기억은 늘 모가 나 있다 홀로 서지 못하는 면들끼리 모여 때론 점으로 선으로 작은 구멍을 만들어 어른들의 관음증을 불러오는 것 미로에는 창문이 없다 그 통로의 끝은 지금까지 한 번도 올라본 적이 없는 높은 철탑 위로 연결이 되었고 그곳에선 정상에 오르지 못해 추락하는 손과 발이 기형적으로 변해 있는 사람들을 보았다 정확하지 않으면 살 수 없는 곳, 블록 하나를 지나니 모퉁이에 앉아 지나는 자들을 향하여 마지막 자비를 구걸하는 사람들이 보였다 예리한 모의 끝에서 착한 어느 면에 오르려는 사람들을 만났다 어른의 기억은 아이의 것으로부터 벗어나지 않았다 삶이란 그저 유치함과 통속적인 만남이 서로 닳고 닳아 언제나 또 다른 모를 갖고 새롭게 탄생하는 것 아니겠는가

이혼離婚

선창에 묶여 있던 줄이 풀어질 때면
해안선을 따라 날아다니는 갈매기 떼도
슬슬 숨을 고르며
출항을 준비하는 어부의 뒤를
따를 채비를 한다
고목나무에 달랑거리면서
갖은 아양을 떨면서
붙어 있었던 작은 이파리도
마지막 물을 공급받았던
관이 말라 떨어져 나갈 준비를 한다
지 죽을지 모르고
바싹 메마른 손목을 조용히 풀어 젖히면
텅 빈 나무 구멍에 넣어 보며
어느 틈에 알고
마음을 훔쳐 달아나는 무심한 것들,
함께 있어서 간이나 쓸개 다 빼줄 것처럼
갖은 아양을 떨어도
썩어가고 말라가기만 시작하는 이파리는
지 좋아해주는 사람이라도 만나면
다 버리고 나갈 것이다

그래 우리 인생이 다 이런 식으로 떠나가고
고향에서 멀어져 가는 이유는
아무것도 바라지 말자는 것이다
돌아누워 하룻밤에도 천 길 벼랑을 만들고
숨은 막혀 오고
호흡은 가늘어지고
육지로부터 아득히 멀어지는
무심한
저 하얀 새떼들

장마전선

한 곳에서 서로 마주 앉은 모습이 이처럼 다른가
한 쪽이 일그러져 있고
다른 한 쪽은 사연 깊은 처녀의 모습처럼
긴 머리를 풀어헤쳐
눈물 한 바가지 쏟아 붓는다
시집 한 번 가보지 못한 차가운 등을 내밀어본다
처녀 이름을 내걸고
바람으로 훌훌 불어내는 것은
꼭 사람의 정이 그리운 것이다
마음 깊은 곳에서부터
꽁꽁 묶여져 달래기도 어려운
열 덩어리를 식혀보려 하는데
눈물 한 바가지
바다에서 퍼 올려 위에서 아래로
쭉 퍼부어 화를 잠재워 보려 하는데
모든 순간이 한밤의 광풍이다
몰아쳐서 깊은 바다 속으로 빨려 들어간다
화를 참는 것이다
끈기 있게 분노를 다스려보는 것
그렇지 않으면

이렇게 쉽게 빨리 끝나지는 않았을 것을,

사람의 마을
그 하늘 위에는 땀에 절인 베옷 한 벌이
바람에 한없이 펄럭이고 있다

화순 탄광

산허리를 땀에 절인 수건으로
감아 올렸다 다시 내리고
몇 번을 반복하여 그 자리에 다시
돌아와 앉아 보면
오래된 갱도의 높이는
이곳에 드나들던 무수한 사람들의
휘어진 등을 닮아 있었다
화순 능주까지 이어지는
산 능선은 반으로 접혀
흩날리는 탄가루가 마을까지
바람을 타고 날아올 때면
탄광촌의 아이들은 모르는 것이 없는
성인이 되어 갔다
깨어진 탄광촌 사무실 창문 너머로
아무개 아버지의 이름이 마구 갈겨써진
녹슨 철모엔
낡은 전구의 불빛만이
들어왔다 나갔다 하였다
성인이 된 아이들은 그 빛을 받아
도회지로 나갔고

아이들을 따라 함께 떠나지 못한 작은 분교
잡풀로 덮인 운동장에 서 있는 느티나무는
지는 햇빛을 홀로 한몸에 받고 있었다

회전목마

골목길마다 울려대는 소 방울 소리, 오래된 트랜지스터 라디오 속의 옛 동요에 30촉 백열전등을 흔들며 회전목마를 타며 네 발로 달렸던 유년시절, 눈물이 날 정도로 서러웠던 깨어진 동심의 조각들을 주워 올린다 그 후 목마는 죽어서 우리 집 선산을 지키는 석물이 되었다

내 아이들은 기억이나 할까

지난 날 죽은 옛 것들을 하나씩 끄집어내어 회전판에 올려놓았다 아이들의 휘파람소리를 닮은 피리소리에 춤을 추면서 반짝이는 형광색 셀로판테이프 사이로 비쳐지는 붉은색, 파란색, 노란색의 세상 속에는 숨을 쉬지 않는 목마가 산다 퇴색하고 수명이 다한 녹슨 스프링의 삐걱거리는 소리는 목마의 가느다란 신음소리다 비대해진 몸을 실어 부풀린 엉덩이를 밀어 넣어보지만 등에 타고 있는 사람은 그때 그 아이가 아닌 것을, 녹슨 기억 속에서나 사는 아이인 것을, 남쪽에서부터 부는 바람에 내 이름을 불러보지만 들려오는 것은, 귓불에 닿아 흩어지는 목마를 잃은 아이들의 휘파람소리뿐

인터뷰

'세월호'를 위한 진혼가

○먼저 이 시집의 표제시(標題詩) 〈세월호, 아직 끝나지 않는 기도〉는 그 울림이 크다. 어쩌면 이 시집의 긴 그림자와 같다. 이 시를 표제작으로 제일 앞에 놓게 된 계기는 무엇인가.

기도와 기억과 기록은 함께 한다. 이들은 잊혀 가는 모든 것들에 대한 저항이다. 사람은 너무나 쉽게 자주 잊어버리는 존재다. 인간의 약한 기억력은 계속 슬픈 역사를 만들어낸다. 역사는 반복된다는 말이 틀린 말이 아니다. 너무나 많은 슬프고 비극적인 사건들이 이 땅의 역사 속에서 일어났다 사라지고 다시 찾아온다. 〈세월호, 아직 끝나지 않는 기도〉라고 제목을 붙인 이유가 그러하다. 기억하고 기록하는 것 이상으로 기도는 잠든 영혼과 묻힌 역사를 깨어 있도록 만든다. 그리고 우리의 잘못을 돌아볼 수 있도록 마음을 울린다.

○이어서 이 시는 특히 이를 테면, 주님, 기도, 사제, 교회, 사마리아 등 종교적인 정서가 강하다. 한 편의 시에 앞서 눈물겨

운 기도문으로 읽혀진다. 이 시에 대한 시인의 심경과 배경은 무엇인가.

이 땅의 종교는 어둡고 거친 파도가 치는 바다 위를 밝히는 마지막 등대와 같다. 길을 잃은 수많은 사람들은 그 빛을 따라 안전한 포구로 인도함을 받는다. 시대의 양심과 같은 그들의 빛이 사라져 간다면 세상은 소망이 없고 여전히 방향을 잃고 표류하는 난민들로 살아갈 수밖에 없다.

인간이 가장 빠지기 쉬운 함정은 허영심, 위선, 무관심, 무지와 부패다. 종교뿐만 아니라 정치 지도자도 여기에선 자유로울 수가 없다. 순박한 민중은 누군가 바르게 이끌지 않으면 언제든지 길을 잃고 표류하거나 함께 타락하게 된다. 시의 배경은 세월호이지만 더 나아가 세상 위에 떠 있는 방주(배) 안에 있는 사람들과 방주 밖의 사람들이다.

○시인은 결국 어떤 삶의 순간을 어떤 언어의 순간으로 형상화하는 자라고 할 수 있다. 언어와 삶의 관계는 그만큼 긴장 관계일 수밖에 없다. 그럼에도 불구하고 언어가 먼저인가 혹은 삶이 먼저인가.

삶은 언제나 정직하고 진실하지만 언어는 부정적이든 긍정적이든 삶을 재해석하기도 한다. 언어는 어느 집단의 권력이나 그 지위를 이용하려는 헤게모니 속에서 주도권을 잡으려 한다. 때로는 삶을 이용하기도 한다. 삶이 시작되었고 언어는 그 위에 씨를 뿌려 자라게 한다. 씨가 싹을 틔어 어떤 열매로 성장할지는 그의 삶이 결정한다. 그 위에 무엇이 뿌려졌는지에 따라 껍데기만 남기도 하고 알곡이 되기도 한다.

○조심스럽지만 이 표제작과 관련하여 '교회'의 역할이 무엇이
라고 생각하는가.

알란부삭의 〈교회의 미래〉란 글에선 교회의 역할은 싸움과
분열 속에서 섬기는 교회로, 억압과 증오 속에서 예언자적인
교회로 희망이 없는 곳에선 희망을 주는 교회로, 굴레와 공포
로부터 해방된 교회로, 협박을 받아 침묵해야 할 상황에서 증
거하며 선포하는 교회로 고난과 죽음으로부터 해방하는 교회
로 실패와 절망적인 상황에서 믿음을 주는 교회로 역할을 다
해야 한다고 말한다. 2천 년 전 이 땅에 오셨던 그리스도께서
하셨던 일들이 곧 교회의 일이다. 지금 우리 교회가 감당해야
할 사명이다.

○1부 여러 시편에서 마주치지만 시적 정서가 밝음보다 어둠과
관련된 것이 많다. 가령 밤, 겨울, 일몰, 망자, 폐가, 잿빛, 지하
도, 저녁 무렵, 어둠 등등 시인은 대체로 밝음보다 어둠을 향하
는 자인가.

어둠을 향하고 있는 것이 아니다. 어둠이 무엇인지 알아야
한다. 세상은 여전히 양지보다 음지가 많다. 그곳에서도 살아
가는 사람들이 있다. 시적인 정서가 그들을 향하고 있는 이유
는 일종의 사명 때문이다. 어둠을 드러내야 그 속으로 빛을 불
러올 수 있다. 그곳은 더 이상 있어야 할 곳이 아니라는 사실을
알려야 한다. 하지만 사람들은 그것을 모른다. 자신이 얼마나

아름답고 소중한 존재인 줄을 알지 못한다. 아픔과 상처가 있다면 감추지 말아야 한다. 드러내어 치유해야 한다. 진리가 우리를 자유롭게 한다. 진리는 무지와 어둠을 깨우치는 빛이다.

○1부에서 시적 화자가 광화문 집회에서 촛불을 들고 있는 모습이 선연하다. 시인의 현장 경험이 문득문득 시에서 진하게 비쳐진다. 좀 무거운 질문이겠지만 '촛불'은 무엇인가.

광화는 빛으로 세상을 가르친다는 뜻이 있다. 빛과 어둠은 공존할 수 없다. 사람 역시 둘 사이에서 분명한 선택을 해야 한다. 정의 앞에 서야 할지 불의 앞에 서야 할지 둘 사이에 중간은 없다. 촛불은 꺼지면 언제든지 다시 다른 촛불에 의해 불을 밝히면 된다. 하나가 아닐 때 결코 무너지지 않는 게 촛불이다. 그리고 심지만 살아 있다면 그 역시 환하게 어두운 밤하늘을 지속하여 밝힐 수 있다. 촛불은 꺼지지 않는 양심이며 무지를 깨우치는 시적 언어다.

○시인은 견자(見者)인가, 현자(賢者)인가, 각자(覺者)인가. 작가(作家)인가, 아님 일반인인가, 생활인인가, 직업인인가, 아님 고민하는 자인가, 패자(敗者)인가, 아웃사이더인가, 소위 오랫동안 비유해 마지않던 잠수함에 승선한 토끼인가, 탄광 속의 카나리아인가 이 시대의 시인은 무엇인가.

바닷물이 썩지 않는 이유는 일정량의 염분 때문이다. 우리 몸속의 세배에 달하는 염분이 포함되어 있어 쉽게 썩지 않는다. 시인은 그런 존재다. 세상이 썩지 않도록 시인은 끊임없이 언어로 세상을 치유한다. 시인은 지혜롭고, 멀리 내다볼 수 있는 눈과 깨달음과 시대의 아픔 속에 고민하며 싸우는 자이다. 시인은 언어의 타락을 막는 시대의 투사이며 선생이다. 그래서 때로는 고독하기도 하다.

○ "살아남은 자들은 슬프다"(〈그들을 보았다〉에서). 이 시구(詩句)는 이 시집 곳곳에서 또 행간에서 느껴지는 간곡한 메시지일 것이다. 브레히트의 〈살아남은 자의 슬픔〉과 〈유혹 당하지 말 것〉 등을 떠올리지 않을 수 없다. 죽은 자는 죽어서 슬프고, 산 자는 살아서 슬프다. 한국 근현대사의 어느 부분은 '산 자의 슬픔과 죽은 자의 슬픔'에 의한 골짜기일 것이다. 역사의 질곡은 참혹하기만 하다. 부마도 광주도 유월 항쟁도 세월호도 광화문도 이태원도… 살아남은 자의 슬픔은 끝이 없다. 아아! 슬픔은 끝이 없고 슬픔은 반복된다. 여기서 또 시인의 슬픔이 길게 느껴진다. 시인은 슬픈 존재인가 아픈 존재인가 아님 분노하는 자인가.

브레히트의 시를 좋아하고 자주 읽는다. 그가 시에서 말하는 대로 살아남은 자의 한 사람으로 내 자신을 바라볼 때 두려워지기 시작할 때도 있었다. 왜 그럴까? 일종의 책임감이라 할 수 있다. 살아남았기에 미안함을 지우기 위해선 그들의 몫까지 성실하게 살아야 하는데 그렇지 못한 자신을 바라보면서 좌절감이 몰려올 때가 많았다. 살더라도 아무런 생각 없이 살아있으니까 그냥 살아가자가 아니다. 길을 가다 돌에 새겨진 글씨가 보였다. "바르게 살자"라는 글씨다. 간단한 말이지만 사실 실천하기가 어렵다. 슬픔은 끝없이 반복되고 잘못된 역사 역시 되풀이 된다. 바르게 살지 못해서 그런 것일까 아니면 가볍게 생각해서 그냥 넘어가 버리고 마는 것일까? 초등학생 시절 광주 5.18 민주화 항쟁을 눈으로 보았다. 어린 나이였지만 수많은 사람들이 총탄 앞에 쓰러져 죽어가는 모습도 보았다. 그 당시 전기도 끊기고 수돗물도 쓸 수 없는 오직 라디오 방송 주파수 건너편에서 들려오는 누군지도 모르는 자들의 기계음을 들으면서 암흑 속에서 몇 주가 그리고 지금까지 수십 년의 세월이 쉽게 흘러가 버렸다. 아직도 길거리에 쓰러진 사람들의 모습이 눈에 선하다. 그들은 이곳에 없지만 나는 살아 있다. 세월호도 그렇다. 자고 일어나면 들려오는 수많은 소식들이 언제부턴가 내 안에 슬픔에 길들여지고 있음을 발견하게 되었다. 슬픔을 극복하려고 지금도 글을 쓰고 기도를 드린다.

○이 시집은 또 '바람의 시'라고 할 수 있다. 예컨대 〈진군〉, 〈바람의 부재〉, 〈저물어 우는 강〉 외 곳곳에서 바람의 시가 불고 있다. 그 바람은 단순한 소재이기도 하지만 어떤 상징과 의미를 비유한다. 바람에 들어 있는 시적 의미는 또 무엇인지 시인의 육성을 듣고 싶다.

바람은 보이지 않고 잡을 수도 없다. 그리고 어디서 시작되는지도 모른다. 안개처럼 조용히 왔다 사라져 갈 뿐이다. 다만 바람을 온 몸으로 느낄 때 우리는 바람이 불고 있구나, 라고 생각한다. 사람은 누군가 다가와 존재를 확인시켜 주지 않으면 아무도 자신에 대해 아는 바가 없고 감히 말할 수도 없다. 바람은 존재를 깨우쳐 주고 앞으로 진군하게 한다. 그 중심에 서 있기만 하면 무엇을 붙들고 있든 중심이 흔들리지 않으면 결국 바람의 방향을 바꾸게 된다. 그렇게 늘 새로운 역사가 시작되었다.

○여기서 잠깐, 출판사 편집부에 도착한 작가의 프로필을 보면 세월호 이후 캐나다로 이주한 걸로 되어 있다. 매우 아픈 경로이겠지만 캐나다로 이주한 경위가 궁금하다.

세월호 참사가 더욱 마음을 아프게 한 이유가 있다. 그 배안에 수학여행을 가기 위해 타고 있었던 수많은 아이들과 각자의 사연을 안고 배에 올랐던 사람들 때문이었다. 배 안에서 기다리라는 말 한마디를 따랐을 뿐인데 기다리라고 해놓고 그들을 위해 아무것도 해주지 않았던 자들이 바로 우리였다. 아픈한국 역사가 많았지만 그중 세월호 참사는 잊어서는 안 될 역사라 생각한다. 지금은 글이 내려져 있지만 어느 웹에 세월호에 대한 시를 쓰게 된 계기는 당시 망언을 아무런 양심의 가책도 없이 뱉어내는 자들에 너무 실망하였기 때문이었다. 그들의 무지와 잘못을 알리고 싶었는데 힘이 없었다. 내가 할 수있었던 일은 시를 쓰는 것이었다. 그래서 펜을 들어 시를 쓰고 많은 사람들이 공감해 주었다. 힘든 그 상황에서 약자들편에 서서 긍휼히 여기시며 공의를 세워 가셨던 그리스도를 생각하게 되었다. 나라를 옮겨 캐나다에서 노숙자들과 원주민들을 위해 활동하면서 힘없는 약자들을 더 잘 이해하게 되었고 그들의 문화 속에서 다시 펜을 들고 글을 쓰기 시작하였다. 감사하게도 많은 사람들이 함께 해주었다.

○작가로서 그곳에서의 근황을 안부 삼아 이곳에 전해 줄 수 있는가.

사람이 살아가는 어느 곳이든지 누군가의 도움이 절실히 필요로 하는 자들이 항상 있다. 한국뿐 아니라 캐나다에서도 마찬가지다. 그들을 위해 작은 도움을 주었을 뿐인데 어떻게 해서든지 그들의 이야기를 적어서 함께 나눴으면 좋겠다는 생각이 들었다. 길거리에서 마약을 복용하고 약에 취해 길거리에서 삶을 마감하는 이들도 많다. 주류사회에 들지 못하고 가장자리로 밀려나 소외된 원주민들도 있었다. 여러 가지 정치적, 종교적인 이유로 나라를 떠나 난민으로서 살아가는 수많은 사람들도 있었다. 그들과의 만남을 통해 그들에게도 따뜻한 연민과 사랑이 필요함을 느끼게 되었다. 한국 역시 예외가 아니다. 우리가 살아가는 이 땅은 어떠한가? 우리는 너무나 쉽게 약자들을 잊어버린다. 모두가 나 한 사람이 살아남아야 한다는 약육강식의 논리가 지배하고 있다. 앞으로 더욱 그러한 일들이 많이 일어나게 될 것이고 점점 가장자리로 밀려나는 사람들이 많아질 것이다. 그들을 잊지 않으려면 남은 사람들이 함께 힘을 합쳐야 한다. 그래서 무너진 정의가 다시 세워져야 한다.

○프로필을 보면 그곳의 언어로 작품 활동을 하면서 저작물을 출판한 것을 볼 수 있다. 모국어가 아닌 외국어로 문학 활동하면서 느끼는 소회는 어떤 것인가.

대학과 대학원에서 영문학 법학을 그리고 미국과 네덜란드에선 신학을 전공하였다. 지원을 받아 그곳에서 억압받는 민중에 대해서 연구하고 논문을 썼다. 영어를 잘하지는 못하지만 쓰고 다시 검토하고 주위 분들의 도움을 받아 원고를 수정하고 출판까지 하게 되었다. 캐나다 도서관에 몇 권을 보냈는데 도서관에서 작가 저작물로써 법적인 보호를 받기도 하였다. 한국어는 세계의 언어라고 항상 생각하고 있다. 한국어만큼 잘 만들어진 언어가 없다고 본다. 한국 문학작품이 세계적인 문학들과 어깨를 나란히 하려면 해결해야 할 과제가 많다. 번역이 첫 번째요 그 다음이 그들의 문화 속에서 어떻게 잘 융합하며 적용할 수 있는지에 있다. 영어로 글을 쓰려고 한 이유는 그들의 언어와 환경 문화를 이해하고자 함이다. 지금도 영어는 나에게 있어 한국어만큼 어려운 언어다.

○시인의 시선은 높은 곳이 아니라 낮은 곳을 향하고 있다. 강하고 힘 있는 자가 아니라 가난하고 또 약자를 향하고 있다. 마치 선교사나 목회자 같을 때도 있다. 그리고 급기야 〈나의 팔금(八禁)〉은 본인을 향한 어떤 계율 같다. 시인으로서의 세계관이 궁금하다.

나의 팔금을 말할 수 있지만 곧 그리스도인의 팔금이다. 그리스도는 성서에서 팔복을 말씀하셨다. 심령이 가난한 자, 슬퍼하는 자, 온유한 자, 의에 주리고 목마른 자, 불쌍히 여기는 자, 마음이 깨끗한 자, 평화를 가져오는 자, 의를 위해 박해받는 자들은 그리스도의 복을 받은 자들이다. 여기에 하나의 복을 더 말씀하셨다. 그리스도로 인해 욕을 당하고 불이익을 당하는 자들은 하늘에서 큰 상을 주시겠다고 하셨다. 그리스도의 팔복을 생각하면서 그의 참 제자가 되기 위해선 하지 말아야 할 것이 무엇인지도 생각해보았다. 팔금은 내가 정한 나의 계율과도 같다. 그러나 실천이 힘들다. 힘들지만 스스로 정한 계율을 따라보고자 지금도 노력하고 있다. 그리스도인은 하나의 공통적인 목적이 있는데 그분의 제자가 되는 삶을 살아야 한다.

○〈금강보 1〉, 〈금강보 2〉, 〈동복댐〉 등 환경 문제와 수몰 전의 생활 터전과 관련된 시가 엿보인다. 시 밖에서 또 하고 싶은 메시지는 없는가.

금강보와 동복댐에 가본 적이 있었다. 강은 보에 막혀 하류로 물을 흘러 보낼 수 없어 썩고 물빛이 흑색이었다. 그 위에 허옇게 배를 드러내고 죽어 있던 수천의 물고기들을 보았다. 동복댐은 수몰지구가 있는 곳이다. 얼마 전 극심한 가뭄이 찾아왔을 때 오래전 수몰된 마을로 들어가는 포장된 길이 보였고 무너져 내린 담벼락을 보았다. 막힌 보에서 보았던 죽은 물고기나 수몰지구에서 보았던 옛 마을의 슬픈 전경은 느낌이 같았다. 더 많은 사람들이 환경문제와 지구 기후변화에 관심을 가지고 활동을 하였으면 좋겠다.

○〈가위〉, 〈오월〉, 〈노인들〉, 〈장난감 우주선〉, 〈거울〉, 〈연무〉, 〈그림자〉, 〈강아지와 나〉, 〈청서의 변〉, 〈인연〉, 〈살아남은 자의 고뇌〉, 〈동물농장〉 등 형태면에서 많은 산문시가 줄곧 눈에 띈다. 이와 같은 형태를 시의 형식으로 선택하게 된 특별한 까닭은 무엇인가.

시의 형식, 내용에도 주제가 있고 이야기가 있어야 한다. 중언부언(같은 말을 의미 없이 반복하는 것)하는 시, 알 수 없는 단어만 나열하여 독자들로 하여금 이해하기 어려운 시도 작가 나름대로 시라고 부를 수 있지만 시에도 스토리텔링(story telling)이 있어야 한다. 시인이 전하고자 하는 단어, 이미지 등 시인이 경험한 이야기를 함축하여 전해주어 읽는 이로 하여금 함께 공감할 수 있는 울림이 있고 떨림이 있는 그런 글을 써야 한다고 본다. 그래서 산문시 형식을 자주 택하다.

○시인은 사회의 주류가 될 수 있는가 없는가. 시인은 아무 소속도 없이 그저 떠도는 난민일까.

난민이나 이민자들은 그 사회에 주류사회로 들어가고 싶은데 언어와 인종, 문화 등 높은 현실의 벽 앞에서 절망감을 느낀다. 그런 그들을 많이 보았다. 그들에게 이렇게 말해주고 싶다. 차라리 주류사회로 들어가지 못한다면 그들의 주위에 겉돌면서 서서히 영향력을 행사할 수 있는 사람들을 만들라고 말이다. 하나가 둘이 되어 함께 하면 또 하나의 주류사회가 된다. 시인은 난민도 아니다. 언제나 새로운 것을 만들어낼 수 있는 가능성이 있는 존재다.

○한국에서 혹은 캐나다에서 가까운 문우나 문학 동인이 있으면 이 자리에서 소개해 줄 수 있는가. 특히 캐나다에서의 문학 활동에 대해 구체적으로 말해 주면 좋을 것 같다. 이왕이면 현 단계 캐나다 문학의 근황에 대해서도 말할 수 있는가.

캐나다는 시인이 그렇게 많지 않고 시집도 많이 출판되지 않는 곳이다. 그런데 캐나다인은 책을 읽는 것은 좋아한다. 늘 책을 가까이 한다. 읽혀지는 책 종류로는 문학 소설이나 시사적인 내용들, 교양과 관련된 서적들이 인기가 많다. 캐나다인 역시 어려운 시는 거부감을 보인다. 얼마 전에는 캐나다 출신 단편소설가 앨리스 먼로가 노벨문학상을 받았다. 그녀는 현대 단편소설 대가로 불릴 만큼 세계적으로 인정을 받고 있는 여류소설가였다. 짧지만 긴 여운을 주는 그런 문학을 캐나다인 들을 주로 선호한다. 이것은 개인적인 생각이다. 모두가 다 그렇다는 것은 아니다.

○그동안 시를 쓰면서 옆에 두었던 국내외를 막론하고 '인생 시집' 한 두어 권 추천한다면?

한국의 많은 시인의 시들을 낭송하기를 좋아한다. 그 중에서 기형도 시인의 시 〈안개〉라는 시를 좋아하는데 어렵지 않으면서 인생에 대해 많은 것을 생각하게 해주는 시이다. 다음으로 미국의 여류시인 마야 안젤루의 시 〈새장에 갇힌 새가 왜 노래하는지 나는 아네: I Know Why the Caged Bird Sings〉이며 독일 출신 시인 베르톨토 브레이트의 〈살아남은 자의 슬픔〉 역시 좋아하는 작품이다.

○시 이외 또 하는 일은 무엇인가. 가령, 다른 문학 장르라든가 다른 업종이라든가 유난히 집중하는 어떤 취미라든가.

시 외에는 그림을 그리는 것을 좋아한다. 전통 한지에 먹과 붓으로 풍경과 주제가 있는 그림을 그린다. 아직은 미숙하지만 선생님으로부터 작은 것부터 하나씩 배워가고 있는 중이다.

○국내 시인 중에서 어느 시인과 문학적으로 관련이 있는가. 시사(詩史)와 관련지어 어떻게 설명할 수 있는가.

시들 중 남도의 정서가 묻어 있는 작품을 보면 알 수 있듯이 주로 이 지역에서 활동하는 작가들과 교류를 하면서 함께 생각을 나누면서 시작을 하는 편이다.

○이번 시집이 출간되면 혼자 낭독하고 싶은 시 1편을 꼽는다면? 그리고 또 어디서 낭독하고 싶은가.

시집 표지에 실은 '눈 내리는 밤'이다. 하나의 촛불은 바람 앞에 쉽게 꺼질 수 있지만 하나가 둘이 되고 수백 수천의 촛불이 모이면 그렇지 않다. 함께 모이면 얼어붙은 땅을 녹일 수 있고 사람들의 마음을 울리고 녹여 세상을 환하게 비추는 빛이 된다. 이 시를 광장에서 사람들과 함께 낭독하고 싶다. 그리고 지금까지 어려움을 함께 지내왔던 나의 가족들과 나누고 싶다.

○시를 읽는 사람이 없다. 시가 읽히지 않는 이 시대에 시를 쓰는 시인의 심경은 무엇인가.

시가 대중과 멀어지는 이유는 첫째 시인의 이탈행동이다. 그들의 시에 쓰이는 문장은 명문장이며 사람들을 감동시키고 영향력을 준다. 그러나 그들은 시어와 전혀 어울리지 않는 삶을 살아간다. 사람들은 그들의 시에 매료가 되어 읽지만 삶과 일치가 되지 않는 그들의 이탈 행동에 실망하고 시로부터 멀어진다. 둘째 시가 권력화, 계급화가 되어 가기 때문이라고 생각한다. 계급화는 시의 편 가르기다. 그 중심에는 권력화 된 출판사와 그리고 거기에 난무하는 문학상이다. 시 한편 발표하고 시집 한 권을 내고도 문학상을 받는다. 현대 시어는 갈수록 이해하기 어려워진다. 어려운 시는 해외 시문학에서도 독자들로부터 외면 받는다. 이해하기 어려운 시를 쓰고 자기들끼리 해석하고 그들만의 시 그룹을 만들어낸다. 독자는 시를 가까이 하고 싶어도 높아진 벽 때문에 스스로 자괴감이 들어 읽기를 포기하고 쓰기를 두려워한다. 시인이 많은데도 독자가 시와 멀어지는 것이 문제이다. 시인은 이해하기 쉬우면서 누구에게나 깊은 여운을 주며 오랫동안 다시 낭독을 해도 언제나 감동을 주는 그런 시를 써야 한다고 생각한다.

○이번 시집을 출간하면 꼭 하고 싶은 일이 있는가? 예컨대 출판기념회 같은 것을 계획하고 있는지, 북 토크 같은 것도 구상하고 있는가.

기회가 있으면 출판 기념회나 북 토크 같은 행사를 기획하고 함께하고 싶다.

○끝으로 지금 한국 시의 현황을 개관한다면 어떻게 설명할 것인가. 그리고 한국 시의 미래를 어떻게 전망하는가.

한국 시가 점점 간결화되어 가고 있는 느낌이다. 어렵고 긴 시보다 쉽고 짧은 시를 선호하는 경향을 보인다. 여기엔 긍정과 부정의 양면성을 갖고 있지만 독자들의 판단에 맡긴다. 또 하나는 앞서서 말하였지만 한국에는 참으로 시인이 많다. 한 해에 수많은 시집이 출판되고 시인으로 등단한다. 이름도 모를 문학상이 각 지자체마다 각 시인마다 이름을 따온 문학상들이 쏟아져 나온다. 시는 곧 삶이라 할 수 있다. 모든 삶을 말하는 축적된 언어의 집합이며 마음의 우물 속에서 길어올리는 생의 갈증을 달래기 위한 생수와 같다. 우물의 물이 오염되면 아무도 그 우물을 찾지 않는다. 한국 시가 그렇다. 많으면 좋겠지만 오히려 독이 될 수 있다. 꼭 필요한 것만 길어올려야 한다. 시라고 부르지만 사실 망언에 가까운 말들이 얼마나 많은가? 시라는 우물 속에 무엇이 있는지 순진한 사람은 모른다. 그것을 구별하여 전해 주는 자들이 시인이다. 한국 시에서 앞으로 그런 역할을 할 수 있는 작가들이 많이 나왔으면 한다.